逢魔が時に会いましょう

荻原　浩

集英社文庫

目　次

逢魔が時に会いましょう

座敷わらしの右手

一

やっぱり、やめとこうか、な。

文学部の研究室棟の陰気臭い廊下を歩きながら、真矢《まや》は早くも後悔しはじめていた。

でも、いまさら就活を再開するってのもなぁ。鼠《ねずみ》の毛皮みたいなリクルートスーツを着て面接官たちの前で「御社の企業姿勢に感動しました」なんてネットのマニュアルどおりのせりふを口にしている自分を思い浮かべてから、ぶるりと首を横に振った。

今日だっていつもどおりジーパン。レア物のダメージジーンズじゃなくて、普通に古びたやつ。これから会う人のことを考えると、スカートのほうがよかったか。もう遅いか。

大学には四年間遊びに来ていたようなものだから、研究室棟に入ったことは数えるほどしかない。これからは頻繁にここに通うことになるんだろうけど、なんかキッツィなここ、生理的に。剝《む》き出《だ》しのダクトがアナコンダのように天井を這《は》っている研究室棟の三階は、薄暗くて蒸し暑かった。出口のないトンネルみたいだ。その光景が自分の未来を暗示しているように思えて、真矢のただでさえ重い足どりはさらに重くなる。

指定された部屋に着いてしまった。ショートヘアの前髪を軽くすきあげる。就活にはセミロングが有利、なぜなら面接官は男ばっかりだから、という噂《うわさ》をばっさり文字どおり断ち切ったのだ。もう取り返しはつかない。頭悪いくせに大学院に進もうなんて考えた自分が馬鹿だったかもしれない。バカバカバカとドアをノックした。

返事はない。ドアを開けてみた。間違えて物置を開けてしまったのかと思った。視界いっぱいに本と紙束とダンボール箱が山積みになっている。真矢の六・五畳のワンルームマンションより狭そうな部屋だ。相部屋らしく机が二つ並んでいるが、どちらにも布目《ぬのめ》准教授の姿はなかった。

「民俗学の布目くんがフィールドワークのスタッフを探してるの。力になってあげてくれない」

ゼミの安永《やすなが》教授からそう言われたのは、おとといだった。

「ビデオの撮影に慣れてて、体力のあるヒトがいいって言ってた。今度の日曜日。高橋さん、あなた、力ありそうだし、確か映画研究会だったよね。ぴったりじゃない」

水晶玉の占い師みたいなクレオパトラカットの、あなたの将来をのぞいてみましょうとでも言い出しそうな厚化粧で見上げられたら、嫌とは言えない。安永先生は国文科主任教授だ。大学院の入試の面接のことを考えるとなおさら。

民俗学は選択していないし、国立大学から移ってきたばかりだという布目准教授には会ったことがないが、どうやら安永先生のお気に入りのようだった。

「いいコよ、布目くん。優秀。ちょっと変わってるけど。ハンサムだし」

最後のフレーズには正直心ひかれるものがあった。それだけが唯一のモチベーションとも言えた。ハンサムな大学教授！　この四年間で一度もお目にかかったことはない。真矢は『博士と彼女のセオリー』のエディ・レッドメインに似た日本人を想像していた。

約束の時間を過ぎても、レッドメインは現われない。座って待つことにする。少しでも触れれば雪崩《なだれ》を起こしそうな本の山脈を避《よ》けながら椅子を探したら、何かにつまずいた。

床にボロ毛布がころがっている。毛布がもそりと動いてうめき声をあげた。

「ふぅむむ」

毛布から顔が飛び出した。山羊《やぎ》みたいな間のびした細長い顔に無精髭《ぶしょうひげ》が伸びている。まだ若い男だ。徹夜していた院生か助手か。布目准教授は人づかいが荒いようだ。

「あのぉ、布目先生は……」

助手は片手で床をまさぐっていた。眼鏡を探しているらしい。探っているのとは反対方向だったから、拾って渡してやり、もう一度尋ねた。

「布目先生はどちらに？　ここへ来るように言われたのですが」

「ふぁう」

助手がぼりぼりぼりぼりと頭を掻《か》く。飛び散るフケに真矢は後ずさる。細長い顔に必要不可欠な部品みたいに眼鏡を装着してから男が立ち上がった。

「布目はぼくだけど」

嘘《うそ》っ。准とはいえ教授なのに、留年を繰り返している学生ぐらいの齢《とし》にしか見えなかった。第一――

どこがハンサムだ。盛大に寝癖がついた髪はまるで、ベタなコントの爆発頭だ。分厚いレンズ越しに見える目はしじみ貝みたいに小さい。無精髭はちゃんとカットしている無精髭風ではなく、リアルな無精髭。真矢の頭の中でエディ・レッドメインが寂しげに笑って背中を向けた。

「何か用？」

布目があくびのついでに言う。ちょっと待て。それが、人を、呼んでおいて、言う、せりふ、か？　真矢は怒りを奥歯で噛《か》み殺して答える。

「国文科四年の高橋です。安永先生の紹介でフィールドワークのお手伝いを……」

「え」眼鏡の奥のしじみ貝の蓋が開いてまた閉じた。「君がタカハシ……君？」

「はい」

「えーと、タカハシシンヤ君？」

「マヤです」

「ああ」またぼりぼりぼりぼりとフケを飛ばしてから天井を見上げた。「てっきり男だと思ってたから」

真矢のこめかみがぴくんと脈打った。

「女じゃだめなんですか」

「いや、別に、そんなことは……」

「ムービー撮影は得意ですし、体力もあります。空手初段です」

真矢は百六十九・八センチの背筋をぴんと伸ばしてみせる。そうすると布目とたいして目線は変わらなくなった。

「ああ、じゃあ　　よろしく」

じゃあ、から、よろしく、までの一・五秒ほどの間《ま》が気に入らなかったが、なけなしの笑みを顔に張りつける。文学部のどこかの研究室に潜りこむためなら、多少は心を捨てる。

「フィールドワークの場所はどこなんでしょう」

「遠野《とおの》」

どこだっけ。いかにも遠そうな名前だ。それが岩手県の地名のひとつであることを思い出すまでに少し時間がかかった。

「岩手？　たった一日で？」

「泊まりがけになる。一泊。場合によってはもう少し。あさってからだ」

それ、聞いてないんだけど。

二

七月の緑色の風景が窓の外を流れていく。東北新幹線に乗るのは、おととし栃木にスキーに行って以来二度目だ。広島出身の真矢は生まれてこのかた関東から北へ旅をしたことがない。

車内で待ち合わせたのだが布目は姿を見せず、おろおろと立ったり座ったりしていると、発車のベルと同時に駆けこんできた。まだ寝ぼけているような声で「おはよう」と唸《うな》っただけで、いきなり駅弁の蓋を開けた。朝から食べるなよ、とんかつ弁当なんて。なんか喋《しゃべ》れよ、隣で女子大生が緊張して座っているんだから。おいっ、寝るな。食べるというより飲む勢いでたいらげたと思ったら、腕の中に頭を突っこんで眠ってしまったから、しかたなく真矢は窓側の席から外を眺め続けている。

胸に抱えたリュックタイプのカメラバッグには、三板式、モノクロビューファインダーのビデオカメラとデジタル一眼レフカメラが入っている。網棚には三脚ケース。アマチュアの持ち物としてはかなり本格的。どちらも映画研究会の部室から借りてきたものだ。

源氏物語もろくに読んでいないのに大学院へ進もうと思ったのは、もう少し夢の続きを見たかったからだ。親からは仕送りの停止を宣告されたが、学校に残っていれば映研の機材が使える。真矢はこれからの二年間を利用して、撮った作品を自主制作映画のコンペに出すつもりだった。たった一人で。

熱く映画を語り、プロの作品に偉そうなケチをつけながら、口先ばかりで結局一般企業への就職に逃げてしまった連中には、もう用はない。ぜったいに凄《すご》い作品を撮って、プロデビューして、いつの日かカンヌ——

「ふふふわぁ」

真矢の夢想をあざ笑うように布目があくびをした。いつのまにか目を覚まして本を読んでいる。真矢のなにが気に入らないのか、いっこうに話しかけてくる気配はない。もじもじさせていた膝の上の両手を握り拳にして、こちらから声をかけてみた。

「先生、私は何をすればいいんでしょう？　取材の記録係を？」

「ん、ああ、そんなとこだね」本から目を上げようともせずに答える。「よろしく。ぼくは機械がまったくだめなんだ」

難しい研究書でも読んでいるのかと思って表紙をのぞいてみたら、宮沢賢治だった。

「民俗学のことはよくわからないんです。私でだいじょうぶでしょうか」正直にそう言ったが、それでも顔を上げないから、少し皮肉をこめてつけ加えた。「男の人のほうがよかったみたいだし」

ようやく視線を真矢に向けてきた布目が、ぽつりと呟《つぶや》いた。

「ほんとうは女の子のほうがよかったんだ」

眼鏡の奥の目がにんまり笑ったように見えた。思わずお尻をずらして、布目から体を遠ざける。

「好きなんだよね、女の子のほうが」

げ。なんだこいつ。もしかして私を男と勘違いしていたなんて嘘っぱちで、教員の立場を利用してセクハラ旅行をしようとしている？

大学教師にはけっこういるのだ。この手のヤツが。

単位が欲しければ食事がてら講義をすると言われて泣く泣くホテルのレストランに行ったら、上階の部屋を取ってあった。さんざん酔っぱらわせて逃げてきた、というコを知っている。源氏物語の研究室に一人だけ居残りさせられて、君は僕の「紫の君」だ、理想の女性として育てたい、と太ももに手を置かれて迫られたってコもいたっけ。色気を映画館の中に捨てたと男子学生に評される真矢ですら、個別指導をするからと、しつこくメールアドレスを聞かれた経験がある。企業と違って、若い女《コ》のオヤジに対するキビシイ意見と対応の現実を知らないから、自分はもてている、尊敬が性愛に変わるかもしれない、なんてあるはずもない幻想に囚《とら》われる輩《やから》が少なくないのだ。

こいつもか。彼女いない歴イコール年齢の独り者なのか、不倫願望の妻帯者なのかは知らないけれど。もし妙な手つきで体に触れてきたら、人中《じんちゅう》に裏拳《うらけん》を食らわして、次の駅で降りてやろうと真矢が考えはじめた時、布目がもっさりと言葉を続けた。

「座敷わらしはね」

「は？　いまなんて」

「え。ああ、座敷わらしは女の人のほうが好きだって言ったんだけど」

「ざしき……わらし？」

「そう」

「あのぉ、このフィールドワークって何の調査をするんですか」

「あれ、話してなかったっけ」

「ええ」

「座敷わらし」

民話の取材だろうか。遠野のことは多少調べてきた。よく出てくるキーワードは「柳田國男」。民俗学の大御所だ。遠野地方に伝わる不可思議な説話を集めた柳田國男の著書『遠野物語』は、民俗学上エポックメイキングとなる一冊である——というのはすべてネットの受け売り。

「座敷わらし」についてはは少しは知っていた。モンスター系のゲームにもよく登場する。柳田國男が紹介して全国区になった子どもの姿の妖怪だ。

「最近、遠野で目撃情報が増えてるんだ」

布目が妙なことを言いはじめた。

「ここ何年も実物を目撃した人間はいないから、座敷わらし現象を体験した情報——実験情報って呼ぶほうが正確かな」

「えーと、それって……」意味わかんないけど、「取材風景を撮影すればいいんですか」

「いや、取材風景というより取材対象そのものを。もし現われたら、姿を映像か写真に記録したい」

「ちょっと待ってください。現われたらって、つまり、それって……」

「そう、座敷わらし」

「……妖怪を撮影しろ、と？」

「うん」

「うんじゃないでしょう」

思わず声を張りあげてしまった。通路の向こうの家族連れがこっちを振り返る。布目はぼんやりした顔で見つめ返してくるだけだ。真矢が何に驚いているのかすら理解できていない様子だった。

「厳密に言えば座敷わらしは、妖怪とは定義できない。精霊と呼ぶべきかな。本来は神に位置づけられる存在なんだ。柳田國男は護法童子《ごほうどうじ》との関連を説いているし——」

ヤバイぞ、この男。知識や情報は豊富なのだろうが、すべてが特定の分野に関してのみで、興味対象外の一般常識を外に放り出してしまったタイプ。その図書館の奥の書庫みたいな孤独な頭の中に、いつしか宇宙からの電波が届くようになったのだ。

「——千葉徳爾《とくじ》は海神小童の一種と位置づけている。佐々木喜善《きぜん》によると——」

さからわないほうがいいかもしれない。真矢は慈母のような微笑を浮かべ、黙ってうなずき続けた。はいはい、よく覚えまちたね。

「家に憑《つ》く福神という言われ方をするのは、座敷わらしの憑いた家は裕福になり、座敷わらしがその家から立ち去ると没落する、という伝承があるからなんだ」

はいはい。


山間の盆地に、遠野という名の置き忘れられたような村があり、単線線路の向こうに小さな駅がひっそり姿を現わす、そんな古い映画のワンシーンのような情景を思い描いていたのだが、まったく違っていた。

JR釜石線遠野は想像していたよりずっと大きな駅だった。日本庭園みたいな植栽がどでんと真ん中にあるロータリーにはタクシーが何台も横づけされている。背中にカメラバッグ、右の肩に三脚ケース、左の肩に旅行バッグをかついだ真矢は、よたよたと布目の後を追う。

「どこへ?」

「駅からはちょっと距離があるんだ。だから——」

タクシーのりばへ歩きかけた真矢を布目の声が呼び止めた。

「がんばって歩こう」

三脚、要らんかったか。

少し歩くと街並みが途切れ、道の片側が田園風景になり、そのうちあたり一面が田んぼになったが、前を行く布目の足は止まらない。もう二十分は歩き続けている。両肩のストラップがずっしり肩に食いこむ。

東京より少し涼しいかと思ってTシャツの上に半袖のパーカーを羽織っていたのだが、夏はどこへ行っても夏だ。汗が吹き出してきた。荷物があるから脱ぎたくても脱げない。

一眼レフも要らんかったか。

「どこへ行くんですか」

答えは意外なたったの三文字。

「幼稚園」

それきり布目からはなんの説明もない。「荷物、少し持とうか」のひと言も。とりあえず黙ってついていくことにする。映研にもこういう電波系がたまに入部してくる。すぐにやめちゃうけど。電波たちは自分で決めた手順どおりに事を運ぼうとし、邪魔が入ると逆上するからだ。

三十分近く経《た》ってようやく青田の向こうに真っ赤な屋根が見えてきた。白いフェンスに真四角の看板が等間隔で掲げられていて、ひとつの四角ごとに文字と動物のイラストが交互に入っている。

す　ぎ　の　こ　幼　稚　園
正門の前に立った布目が不思議そうな声をあげた。

「あれ、閉まってる」

「だって今日は日曜ですよ」

「あ、そうかぁ。まいったな。出直しだ」

「馬《バ》……」と前半の一文字が口から零《こぼ》れてしまってから、相手が准教授であることを思い出して、続いて飛び出そうとした鹿を檻《おり》へ戻す。呆《あき》れた。休みを承知でここまで来たのかと思っていた。

「ちょっと下見だけしてくるよ」

布目がそう言い、大人の背丈ほどのフェンスに両手をかけた。乗り越えるつもりらしい。いいのか、勝手に。いかにもスポーツの苦手そうな痩せっぽちだから、体のどこかを引っかけて落下しやしまいかと期待――じゃないや心配していたのだが、案外身軽に乗り越えた。真矢は荷物を下ろし、フェンスのこちらで待つことにする。

建物は細長い平屋ひとつだが、園庭は都会の小学校の校庭並みの広さがある。点々と遊具が散らばったいちばん奥に、大きな杉の木が三本立っていた。ひまわりの切り絵が貼られた窓が並ぶ様子は、妖怪だか精霊だかが現われる場所には見えない。カメラバッグに腰かけて、立てた三脚ケースの上に顎をのせた真矢は、シロアリ駆除業者みたいに床下をのぞきこんでいる布目を冷やかに眺めた。

だいじょうぶだろうか、あの人。あの齢で――ってほんとうはいくつだか知らないけれど――准教授なのだから、学者としては優秀なのかもしれないけれど、けっこういるのだ。頭が良くて馬鹿なヒト。布目はビーグル犬みたいに杉の木の根元を掘り返しはじめた。

「ごめん」

戻ってきた布目が案外素直に頭を下げた。真矢は髪に葉っぱがついていることをジェスチャーで教える。何度教えても見当違いのところに手を伸ばすから、しかたなく指先の先でつまみ取ってやった。

「いいんですよ。たった三十分の遠まわりですから」たった、のところで語尾を強め、荷物を担ぎながら、これみよがしにため息をつく。「やれやれ。どっこいしょ」

布目は初めて気づいたようにカメラバッグに目を走らせた。

「……あの、荷物、少し持とうか」

「いいえ、おかまいなく。次はどこへ」

「あ、ああ、久保さんという人の家。今度はだいじょうぶだよ。ちゃんとアポイントをとってあるから」

「どこですか、そこ」

眼鏡をくっつけるように地図を広げていた布目ががしがしと頭を掻いた。

「あ、駅の近くだ」

「馬……」

カメラバッグを背負って歩いていた布目が声をあげた。

「ここだ」

駅近くといっても徒歩十分。しかも幼稚園とは反対方向にある家だった。茅葺《かやぶ》きの古民家を想像していたのだが、まったく違った。今風の造りだし、建てられたのはむしろ周辺の家より新しそうだ。ここもとりたてて変わった場所には見えない。

布目が名を告げると、四十代ぐらいのご夫婦が姿を見せ、二人を丁重に招き入れてくれた。真矢は玄関に並んだやけに大量の靴のすき間で、バッシュを脱いだ。

布目と久保夫妻は初対面ではないようだ。廊下を先に立つ久保氏に「どうだった暮《くれ》坪《つぼ》カブ、うまかったろ」と前回持たされた土産物か何かのことを問われ、おそらく忘れていたらしい布目は生返事をしていた。

通されたのは広いリビングルームだ。開け放した戸の先には仏壇が置かれた和室。両方の部屋のいたるところに子どもがいた。

ゲームの効果音がけたたましいテレビの前に二人。座卓の前に二人。座卓の上に一人。散乱した玩具《おもちゃ》や漫画本のすき間にその他数人――いったい何人いるんだろう。中学生ぐらいの子から、まだ紙おむつをお尻にあてている子まで。女の子も男の子もいる。みんな夫妻のどちらかに似ているからきょうだいだろう。

久保氏が子どもたちを追い立てて、二人のために座卓の前にスペースをつくった。

奥さんが麦茶をすすめてくれる。「どこかで休もうか」「アイスコーヒーでもおごるよ」なんてせりふがまったく期待できない布目と歩きづめだった真矢は、三口で飲み干してしまった。

布目は古めかしい黒い鞄《かばん》の中を漁《あさ》りはじめた。何が出てくるのかと思ったら、磁石だった。小さな磁石をテーブルに置き、ふむとうなずいてから部屋のあちこちを見まわした。

続いてレコーダーを取り出し、いちおうそのくらいの常識はあるのか、録音していいかと久保夫妻に聞く。うなずいた久保氏が咳払《せきばら》いをし、テレビの前の年長の二人に「うるさいぞ。ボリューム下げろ」と怒鳴った。

布目が切り出した。

「どうですか、最近は」

座敷わらしのこと、だと思う。

久保氏はまた咳払いをしてから答える。

「出ますよ、相変わらず。このところは毎日だ。平日はとくによく出る」

まるでパチンコの出玉の話でもしているような調子だ。思わず、くすりと笑ってしまったら、久保氏に睨《にら》まれてしまった。目が本気だった。

布目のまなざしも真剣そのものだ。霊視でもしようかという重々しい表情で部屋を見まわしている。

「お子さんはいま……」

「うん、八人。全員揃《そろ》ってる。あんたが来るから今日は外出禁止って言ってあるんだ」

小学六年生ぐらいの女の子に恨みがましげな目を向けられていることに気づかず、布目は指さしで子どもの数をかぞえている。真矢も神妙な顔をつくろって撮影の準備を始めた。とりあえずビデオカメラを手持ちにして部屋全体を押さえ、布目からは何の指示もないのだが、そうしたほうがいい気がして、部屋にいる一人一人を撮影した。

女の子が三人。男の子が四人。紙おむつの子は性別不明だが、子どもたちは合わせて八人。久保氏と奥さん。そして布目――

「来てないようですね」

布目の言葉に久保氏が首を横に振る。

「いや、それはわからねえ。数をかぞえただけじゃわからんのですよ。ひょっとしたら、もう来てるかもしれない。おい、ちょっとアレ」

最後の言葉は奥さんに向けられたものだった。奥さんがキッチンに消え、お盆にスイカを載せて戻ってきた。サッカーボールぐらいの小ぶりなスイカだ。お盆を座卓に載せて奥さんがスイカを切り分ける。麦茶一杯では渇きが癒えていなかったから嬉《うれ》しい。喉が鳴った。真矢の心を読んだように布目が言う。

「実験用だから、君のぶんはないよ」

実験？

奥さんがスイカを八つ切りにすると、座卓のまわりにわらわらと子どもたちが集まってきた。

「スイカ、スイカ」

「早く早くっ」

「大きいのがいい、大きいの」

まだ小さい子どもたちが騒ぎはじめる。きょうだいが多いからだろうか、スイカひとつでこんなにはしゃぐ子どもなんて久しぶりに見た。いまどきの子はメロンやイチゴが嫌いとかふつーに言うものな。就職の面接官からは「いまどきのコ」と言われるんだろう真矢ですら思う。いまって贅沢《ぜいたく》だよな、って。尾道《おのみち》のお祖母《ばあ》ちゃんなんて、いまでも余ったスイカの皮で誰も食べない漬け物を漬ける。

真矢と布目を意識してか、騒ぎを冷やかに見ていた年長の子たちも、座卓の前にやってきて、どのスイカが大きいかを値踏みしはじめた。

八つに切り分けられたスイカが大皿の上に載った。座卓を囲んだ子どもたちは小さい子が前。それがこの家のルールなのか、勝手に手は出さず、誰もが両手を膝の上に置いている。

布目が真矢に囁《ささや》きかけてきた。「テーブルを上から撮ってみて」

スイカから遠くて子どもがいない長方形の座卓の短辺に立ち、身長を生かして身を乗り出す。ビューファインダーのほうをのぞくことにして、真上《トップ》のアングルを確保した。

「はーい、じゃあ行くよ〜、五、四、」

奥さんがカウントダウンを始める。

「三、二、一、ゼロ」

みんなが一斉に手を伸ばす。タイムカウンター〝01〟のあいだにスイカが消えた。

布目がまた囁く。「子どもたち一人一人を撮って」

「ちゃんとお皿で食べなさい」という奥さんの言葉はあまり守られず、用意された取り皿はほとんど使われていない。真矢は部屋のあちこちに再び散らばってスイカにかぶりつく子どもたちを一人ずつフルフィギュアで撮る。紙おむつの子までスイカを両手で抱えていた。

一人、二人、三人、四人、五人、六人、七人……

「ぼくの、ぼくのは？　ぼくのスイカがないっ」

下から三番目あたり、五、六歳ぐらいの男の子が悲痛な声をあげた。大皿の上にはもちろんひと切れも残っていない。

久保氏が布目と視線を合わせ、ひそめ声で呟いた。

「……来た」

真矢はカメラから顔を引き剝がしてリビングを見まわした。

座卓。三人掛けのソファ。さほど大きくはないテレビとテレビ台。左手は閉めきった窓。右手には玩具やぬいぐるみの置き場になってしまっているサイドボード。入ってきた時とまったく同じだ。怪しい影などどこにもない。

奥さんが気味悪そうにすぼめた両腕をかき抱く。

「いつもこうして食べ物を分けた時にわかるんです。待ってなさい、お客さんのぶんのがもう一個あるから。一昨日《おととい》はお団子。きっかり人数ぶん買ってきたのに、一本たりなくて」

女の子も男の子も色とりどりのTシャツと短パンか半パン（一人は紙おむつ）の子

どもたちは、数が多すぎて誰が誰だか真矢にはわからないが、人数は八人のまま。

布目が妙なことを聞く。

「団子はあん団子でしたか」

「そうそうあん団子。その前の時は、大福だったっけ」

「卵はどうですか。ゆで卵とか」

「卵？　どうだったかな」

「ケーキやカステラは？」

「うーん、うちはそういうのめったに食べないから。人数が多いと食べるもののお金が馬鹿にならなくて」

ふーん、子だくさんっていうのも大変なんだな――いや、ちょっと待ってよ。なんでこれが座敷わらしと関係あるんだろうか。もしかして、この夫婦は、布目と同じ電波を受信してるオタク仲間？　真矢はカメラの電源をオフにした。たまりかねて口をはさむ。

「誰か二つとっちゃった子がいるのでは？」

「うちの子はそんなことしない」

久保氏に怖い顔をされてしまった。取りなすように奥さんが言う。

「わたしも最初の頃はそう思って、子どもを叱っちゃったりしたんです。自分が数を間違えたんじゃないか、とか。でも今日は目の前でちゃんと八つに切ったでしょ。第一、スイカですものね」

――そういえばそうだ。スイカがひと切れ消えたままだ。どこにもない。これが座敷わらし現象ってやつ？　真矢はうなじの毛を誰かにつままれたような気がして思わず首筋を撫《な》でた。

「じゃあ、もうひとつ見せてやろうか」

久保氏が子どもたちに声をかける。

「点呼いくぞ。番号！」

どういう順番なのか、慣れた様子で子どもたちが次々と声を張り上げる。

「一」

「二」

「三」

「四」

「五」

「六」

「七」

「八」

布目が大きく息を吐く。

「数は合ってますね」

「いや……」

久保氏は自宅のリビングを他人の部屋を眺める目で見まわした。

「あれはまだ、ここにいる」

久保氏が座卓から立ち上がって、カブト虫みたいにスイカの汁をすすっている紙おむつを抱きあげて言った。

「この子はまだ喋れないんだ」

真矢はもう一度部屋を見まわした。十数人の人熱《ひといき》れで蒸し暑い部屋の温度が、急に何度も下がった気がした。

「シンヤ君、ビデオは？」

布目が緊張した声をあげる。

「マヤです。撮りました。ばっちり」

その時だ。

ぱたり。

音がした。大人たち全員が振り返る。

奥の間からだ。

開いていたはずの仏壇の扉がいつのまにか閉まっていた。仏壇の前の畳にスイカがひとつ置かれている。

スイカは齧《かじ》りかけだった。真ん中に小さな半円形の歯形がついていた。


久保家を出た真矢は、ずっと考え続けていた。合理的な答えを見つけようとして。

座敷わらし現象というのは、大人数が集まった時、いるはずのないもう一人が増えているのに、その一人が誰なのかがまったくわからない現象のことだそうだ。

久保夫妻の仕掛けたトリックにひっかかった？　いや、そんなことをするタイプには見えないし、したところで何の得もない。そもそも二人は真矢の目の前にいて、座ったきり一歩も動いていなかった。となると、やっぱり子どもの誰かの悪戯《いたずら》？　大人の目を盗んでスイカを二つ取っちゃって、ひとつを仏間に置いた。そうだよ、そうに決まってる——

だが、いくら頭の中の迷路を彷徨《さまよ》っても、最後は否定できない壁に突き当たってしまう。

あのあと、撮った映像を再生してみたのだ。どのカットにも八人の子どもたち以外は映っていない。

でも、一か所だけが妙だった。真上から座卓を俯瞰《ふかん》した、子どもたちが一斉にスイカに手を伸ばしている映像だ。

スロー再生したり、静止画像にしたりして何度かぞえても、スイカに伸びる右手は九本あったのだ。

スイカの皿をアップショットにしていたから、ほとんどの子は腕の先しか映っていない。みんな半袖で、さすがに久保夫妻も、どの手がわが子のものではないのかはわからなかった。

真矢たちは次の訪問先まで、またしても徒歩で移動している。どういうスケジューリングをしているのだろう。たぶんなぁんにも考えてなかったんだろう。今度の行き先はさっきの幼稚園の近く。市街地を三たび通りすぎ、二人はまた田園風景の中に放り出された。道の片側は田んぼ。もう一方は雑木林だ。遠野に薄く墨を刷《は》いたような闇が訪れようとしている。

カメラバッグと三脚ケースを担いで隣を歩いている布目がぽつりと呟いた。

「やっぱりな」

「やっぱり、なんですか？」

すがりつくように聞いた。何か話をしていないと、頭の中に不気味な想像が這い入ってくるような気がした。

「あん団子さ」

「あん団子？」

「座敷わらしはアズキが好きなんだ。アンコは特に。そして卵が苦手。ケーキやカステラは卵を使ってるから手を出さないんだと思う」

「卵アレルギーなのかな」

軽口を叩《たた》いてみたが、声がかすれてしまった。

風が強くなってきた。夏とは思えない冷たい風だ。木々を吹き抜ける風の音が何人もが声を揃えてあげる甲高い悲鳴に聞こえた。

黒々とした影法師になった雑木林が生き物のように梢《こずえ》を揺らしている。その闇の奥に何かが潜んでいる気がしてきて、風の冷たさばかりでなく真矢は身震いする。人のペースを考えない布目の早足を慌てて追いかけた。

日が暮れてから訪れたのは、宵闇を三角に切り取るような大きな瓦屋根《かわらやね》の和風住宅だった。

沼田家。この界隈《かいわい》でいちばん高齢のお年寄りが住んでいる。座敷わらし現象を体験する人間はいても、座敷わらしの姿の目撃例は少なくて、しかも年々減っている。沼田老人は存命している貴重な目撃者の一人だと布目は言う。

急いでいたのは、遅い時間に訪れると、早寝早起きの沼田老人の就寝時間になってしまうからだそうだ。この男にもいちおう他者への気遣いと呼ぶべきものはあるのだな。タクシーを使えばいいだけの話にも思えたけど。同居している息子さん一家は夕食の真っ最中で明らかに迷惑顔だったし。

外観とは趣の違う、北欧風の家具が置かれたリビングルームのソファにちょこんと腰かけた沼田喜久男《きくお》翁は、九十九歳。即身仏のように痩せ、動いているのが不思議なほど年を取っているが、耳はしっかりしていて、喋る言葉もはっきりしている。

「ムガシァ座敷ボッコァヨグ出タッケ。オレノ本家のモンァ誰モガ見トル言ウドモ……」

ただし土地訛《なま》りがかなりきつい。真矢には「座敷ボッコ」というのが座敷わらしのことなのだろうな、ということぐらいしか理解できなかった。

布目は涼しい顔でひと言ひと言にうなずいている。土地の言葉がわかるらしい。あの土地鑑のなさからして、この辺の出身では絶対にないはずなのに。ひとくぎり喋るたびに老人は首をうなだれてひと休みする。その間に布目が通訳してくれた。こんな話だ——

沼田老人が六、七歳の頃。本家で集まりがあった時のことだ。大人たちは酒を飲み、子どもたちは広い本家の中で遊んでいた。そのうちに「向かい鬼」をしようということになった。向かい鬼というのは、二組に別れて陣取り合戦をする鬼ごっこの一種らしい。ケイドロみたいなものか。

親戚の子どもは全部で十人。ジャンケンで組分けをしたのだが、なぜか何度やっても、五対五にならない。そのうちに誰かが言い出した。

「座敷ボッコサ来タデネガナ。犬ッコ連レテクべェ」座敷わらしは犬が嫌いだと言われているそうだ。

一人が庭に出て、本家の飼い犬を引いて縁側まで戻ってきた。犬が吠《ほ》えた瞬間、子どもたち全員が集まっていた座敷の奥の障子がすいっと開き、また閉じた。

「奥座敷ノ障子バ見ット、ソコサ影法師映ッタ。ハテ、誰《ダン》ジャ。障子バ開ゲレバ、仏壇ノ物入レサ這イ入ッテク尻ッコガ見ッケ」

物入れを開けてみたが、誰もいない。そもそも仏具がぎっしり詰まっていて、たとえ子どもでも隠れられるような場所ではなかったそうだ。

布目が聞く。

「なじょな姿だったでがす？」

ヒアリングだけでなくスピーキングもできるらしい。

「男のわらすであったす？　それともおなご？」

「尻ッコスカ見ンカッタガラ」

「沼田さんの本家というのは？」

「途中ニアッタベア。三本杉ノ家」

あの幼稚園のあった場所だ。

鉄道線路に並行して流れる川沿いに小さな旅館が立っている。老舗というよりただ古びているだけの感じの、その年季の入った木戸をくぐり抜けようとした時だ。布目が「あっ」と声をあげた。

「どうしたんです」もう一件のアポイントを忘れてた、なんて話だったら、耳をぱたんと閉じようと思った。半日間、重い機材を担いで——途中からは布目がほとんど持っていたのだけれど——歩きづめで、もう一歩も動きたくなかった。

「まいったな……忘れてたよ。ほら、ぼくは君を男だと思っていたから……」

なんとなく次のせりふは想像がついた。

「部屋をひとつしか予約してないんだ」

「あ、なんだかすみません。よけいな出費をさせてしまって」

「それがそのぉ、もうひと部屋っていうのは……」

はいはい。そうきましたか。ほかの部屋は全部塞がっている？　豪勢な部屋を予約しておいた？　若づくりで、ボク、草しか食べません、てな顔をしてても、オッサンはオッサン。やっぱりセクハラ旅行か。今日一日、真矢を女とは思っていない取り扱い方だったくせに。

なんだか勝ち誇った気分で真矢はかろうじてBカップの胸をそらせた。布目が卑屈な上目遣いで口説き文句だか言いわけだかを続ける。

「このフィールドワークには研究費が出ないんだ、だから……」

「だから、なんです？」

にんまりと笑ってやった。ほんの少しだけ妖艶に。

「だから、ぼくは駅前のベンチで寝るよ。じゃ、また明日」

「ちょ、ちょっと待って」

それで女を嫌がっていたのか。給料が安いわりに資料代や研究費にお金がかかるから、大学の若い教師はたいてい貧乏、という噂は聞いていたけれど、これほどとは。

真矢は着古した安物のジャケットの袖をつかんだ。

「私のぶん、立て替えておきますから」

情けない声で布目が言った。

「いつ返せるかわからないよ」

お茶を淹《い》れながら仲居さんが声をかけてきた。

「遠野はいかがです。いいですね。ご家族で」

真矢たちを夫婦と勘違いしているようだった。

なんでこうなる。

旅館にはほんとうに空いている部屋がなかった。ほかの宿を当たってみたのだが、空いているのはホテルの高ぁあい部屋か、ここからはとんでもなく遠い民宿だけだった。再び駅前のベンチに行こうとする布目を引き止めて言ってしまったのだ。

「別にかまいませんよ、同じ部屋で」

布目の狼狽《ろうばい》ぶりが、真矢を気づかっているというより自分のほうが何かされるのではないかと怯《おび》えているふうにすら見えるのに、腹が立ってきたのだ。映研の男どもとの雑魚寝《ざこね》には慣れている。万一、この男が妙なことをしようとしても、空手初段の私の腕力ならわけなく制圧できるだろう。

部屋は古めかしく豪華とはいえないが、仲居さんは感じのいい人で愛想がよかった。真矢たちにお茶を出して、福々しい丸顔を向けてくる。

「お子さんは麦茶のほうが良かったですかね」

え？

テーブルには湯呑《ゆの》みが三つ置かれている。仲居さんが真矢に——いや、真矢の座る場所の隣、テーブルのすぐ上あたりに微笑《ほほえ》みを投げかけた。子どもをあやすように。

布目が重そうな眼鏡を指で押しあげた。

「ぼくたち、二人だけですが」

「あれ？　だけど……」仲居さんが両目をこする。「いま、そこに……あらら」首をかしげて曖昧に微笑んだ。「わたし、どうかしてしまったようで」

真矢は首をすくめる。誰かにうなじを撫であげられた気がして。布目と離れて座っていた場所を、ずりずりとお尻を動かして三十センチほど近づけた。

「君は気に入られたのかもしれないね」

広間で遅い夕食を取っている時に布目が言った。全国どこへ行っても旅館の夕食とはそういうものだが、テーブルには食べきれないほど出すのがサービスとばかりに大量の料理が並べられている。

「へんなこと言わないでくださいよ」

真矢はひっつみ汁に伸ばしていた手を止め、さっきから何度もそうしているように、周囲にぐるりと目を走らせた。いまにも背中に何かがおぶさってくる気がして、窓際の壁に張りつくように座っている。

さっきの仲居さんは、勘違いだった、自分の気の迷いだと謝り続け、「どんな姿を見たのか」という布目の質問にも、「子どもがいると思いこんだことしか覚えていない」と首をかしげるだけだった。冗談や嘘を言っているようには見えなかった。

「本来座敷わらしは家に憑くものだけど、移動性がないわけじゃない。たぶん沼田さんの本家の環境が急に変わっちゃったから、戸惑ってあちこち彷徨い歩いているんだ。心細くて君についてきたのかもしれない」

「心細い？　その……その存在が？」言葉にすると認めてしまうようで、座敷わらしとは言わなかった。

「うん、精霊と言っても、まだ子どもだからね」

「ねえ、先生」二人で一本だけ頼んだビールを飲み干して言ってみた。「本当に信じてるんですか。その、それが実在しているなんて」

コップ一杯のビールで顔を赤くした布目が眼鏡のブリッジを中指で押し上げた。

「民俗学的に言うとね、妖怪や精霊が実在するかどうかは問題にされない。無視するっていうのが基本的な姿勢だし、研究対象にする場合も、なぜそういう伝承や信仰が残るに至ったか、その歴史や文化的社会的な背景を解明するのが目的だ。でもね」

布目はそこで言葉を切り、胸の中の詰め物を吐き出すように続けた。

「でもぼくは、ある時、目の前の資料や取材メモを眺めているうちに、ふと思ったんだ。もし、この中のいくつかが本当だったら——とね。この目で確かめてもいないのに、頭から否定するのは正しいのだろうかって。先入観は進歩や発見を止めてしまう。地球が太陽の周りを回っていることも、人間がサルから進化したことも、昔は人を惑《あ》わす悪しき考えだとして糾弾されていたことを、僕ら研究者は忘れちゃいけないと思うんだ」

真矢は思い出していた。自分が映像作家——めざすところをまっすぐ言えば映画監督だが恥ずかしくてそう言った——になりたいと言った時の友人たちや親の反応を。

「本気じゃないよね」「無理だって、それ」「いつまで夢みたいなこと言いよる」

ダメ確率が高いことは百も承知だ。でも、何もしないうちにダメと決めつけたら、何者にもなれなくなってしまう。

そうだよ、初めて空を飛ぼうとした人は、みんなに笑われたはずだ。いま飛行機を指さして笑う人間は誰もいない。

「もし……もしいると仮定しての話ですけど、それってたとえばなんなんです？」

「さぁ」布目は赤い顔を斜めにする。「なんて言えばいいんだろう……座敷わらしの場合『若葉の魂』説というのはあるけれど」

「若葉の魂？」

「この地方の巫女《みこ》の言葉なんだ。簡単に言ってしまえば、間引《まび》きされた子どもの魂」

「間引き……」

意味は知っているが、頭がうまく理解できない。お祖母ちゃんの部屋の箪笥《たんす》の奥に置き忘れられたような言葉だから。

「うん。子どもの人権とか少子化問題とか、そんな言葉が叫ばれるようになったのは、長い歴史から見ればつい最近で、僕らの祖父母が生まれた頃ぐらいまで、間引きは日常的な行為だったんだよ。人口が食糧供給量を上回ってしまったら、餓死するか人為的にコントロールするしか途《みち》はない。やらないと全員が死ぬことになるからね」

全部は無理、少し残そうと思っていた刺身に、真矢は再び箸を伸ばす。

「それって中絶とは違うんですか」

「故意に堕胎させる方法もあったけれど、医学的知識もあまりない時代に自分たちでやるわけだから、母体も危険にさらされる。手っとり早いのが産んでから始末する方法だったんだ」

痩せっぽちなのに布目は健啖《けんたん》で、テーブルを埋めつくした料理を右から左へひと皿ずつ順番に掃除でもしているように片づけていく。口にものを詰めながら器用に喋り続けた。天ぷらのころもをまき散らしながら。

「つまり、子どもの数そのものがファジーだったんだ。別にこの遠野が特別だったわけじゃない。全国的に行われていたことだ。民話や子守歌や手鞠歌《てまりうた》にも間引きを連想させるものがたくさん残っている。たとえばこの辺り一帯ではこんな方法で行っていた。石臼《いしうす》ってわかるかい？」

真矢はうなずいた。猿カニ合戦でしか知らないけれど、石で出来た樽《たる》みたいなヤツだ。

「石臼の下に嬰児《えいじ》を置く。そして臼を落とす。石臼で押し潰すんだ」

口に入れた刺身から急に血の臭いが立ちのぼってきた。

「米びつに入れて窒息死させたり、冬に裸のまま外に放置したり、別に生まれたばかりの赤ん坊とはかぎらない。時には労働力として期待できない幼児も対象だ。死体は自分の家の地面に埋めるのが習わしだった。だから、上手に……変な言い方だけど、上手に間引きを行っていた、つまり家の下に子どものいる家は無事に存続して、ある意味で他家より栄えていった。それが座敷わらしの家運盛衰伝承のもとになったのかもしれない」

「いないはずなのに一人ぶんの数が多いっていうのは、いるはずだった子の数をつい計算にいれてしまうっていう人々の心情がそうさせているんじゃないでしょうか」

なんとか合理的な説明をつけたくて真矢は言ってみる。

「ほんとうはもういない子のために、ほんの少しだけ供えた陰膳《かげぜん》を、生きている子どもたちに精霊のぶんだって大人が弁解をして、それが伝えられているうちに、座敷わらしの話になっていった、とか」

ひっつみ汁を小鉢によそっている布目からは返事がない。真矢は箸を振りまわして言葉を続けた。さっきからずっと考えていたことだ。

「すべて幻想。見えていたとしても幻覚なんじゃないですか。そういう、子どもを間引いたっていう罪悪感が昔の人に幻覚を見せていたのかも。そして言い伝えを聞かされてつくられた先入観が、いまも人々に幻覚を見せ続けているのでは」

ビデオに映っていた九本目の右手に対してはなんの説明にもなっていない。だが、意外にも布目はあっさりうなずいた。

「そうかもしれない」

「でしょ、でしょ、そうに決まってる」

「でも、その幻覚はどこから来るんだろう」

「へ？」

「何かに見せられているのかもしれない」

「……何かって？」

「例えば土地そのもの。ここの土そのものとかね」

食欲はすっかり失《う》せていたが、真矢は天ぷらの海老《えび》を尻尾まで食べた。

「土っていうのはただの岩石の粒子じゃない。いろんな生き物の堆積でもあるんだ。僕たちの足もとのいたるところには死体が埋まっているんだよ。何十年、何百年、何万年もの積もり積もった生命の痕跡が、時おり何かの拍子に残像みたいに目に見える。

それが精霊と呼ばれる存在じゃないかとぼくは想像するんだけど」

窓の向こうに夜空より暗い大地が広がっている。真矢はその黒い土の下で何かが蠢《うごめ》くさまを想像してしまって、ぶるんと身を震わせた。

大浴場から上がった真矢は、脱衣場で百六十九・八センチの裸身のまま立ち尽くし、浴衣に着替えるべきかどうか悩んでいた。寝間着にするような服は持ってきていない。でも浴衣姿で布目と同じ部屋で過ごすのもなんかヤだった。ショートヘアの後ろを短い尻尾にした私のうなじに、あの一見草食男が劣情をもよおさないともかぎらなくはない。

とりあえずジーパンのまま部屋へ戻って寝る直前に着替えよう、と決めてブラをつけはじめた時に気づいた。

どこで着替える？

自分の寝相の悪さも心配だった。浴衣の朝の真矢はいつも、道着《どうぎ》を直せと審判に注意されそうなありさまになる。

いっそジーパンのまま寝るか。いや、キッツィな、それも。ああ、どうしよう。

結局、浴衣に着替えて部屋へ戻った。布目の姿はなかった。冷蔵庫から缶ビールを取り出して、夜景でも眺めるかと、窓ぎわの板の間の障子を開けると、応接セットを片側に寄せて布団が敷かれていた。布団の中では布目がもう寝息を立てていた。なあんだ。

畳の間でビールをくぴくぴ飲みながら、今日一日のことを考えてみる。何度考えても、自分以外の全員が共謀してお芝居をしていて、大仕掛けの悪戯をしかけられた気分になる。ドッキリ番組みたいに、ハッピを着た布目がプラカードをたずさえて現われて「どうもっ」とネタばらしをするのだ。

二本目のビールを空にした時に思いついた。いままでのことが幻覚だろうと何だろうと、これって映画の題材になるかもしれない、と。座敷わらしの里で、妖怪の存在を信じて追い続ける狂気の民俗学者のドキュメンタリー。

うん、明日の撮影は布目の姿も追いかけよう。せっかく持ってきたんだから三脚も使って本格的に。そうだよ。現実的に考えなくちゃ。サンタクロースを信じるのは自由だけど、自分へのプレゼントは自分で用意しなければ。

きりきりきり。障子の向こうから狂気の民俗学者の秋の虫の音《ね》みたいな歯ぎしりが聞こえた。

ゆうばり国際ファンタスティック映画祭の授賞式が始まろうとしている。コンペティション部門のグランプリを受賞した真矢は、満場の拍手に送られて登壇した。上気した頬が熱い。が、足もとは寒い。視線を落として自分がイブニングドレスではなく浴衣を着ていることに気づいた。ああ、いけない。しかも裾がはだけてる――

何時頃だろう。足もとを撫でる冷気で目が覚めた。まだ半分夢の中を漂っている頭の中でようやく気づいた。

誰かが、私の布団を、めくりあげている。

薄目を開けて、そっと足もとを窺《うかが》う。闇の中にうずくまる影が見えた。うわ。本当に来たよ。女とは手も握れませんみたいな顔をして、エロ准教授め。

このまま寝ているふりをして、もう少し近づいてきたら、顎に膝蹴りを食らわしてやろう。空手の実戦は久しぶりだ。胸が躍る。へんなふうに躍ってる。真矢は息を殺して布目が動くのを待った。

ちょん。

いきなり足の裏をつつかれた。

足の指に熱い息が吹きかかる。

布団がさらにめくれあがった。影がもぞもぞと動き、中に潜りこもうとしているのがわかった。もう我慢ができなかった。股間に前蹴りだ。真矢は「押忍《オス》」と心の声で気合を入れ、両手で十字を切る。上体を起こし、右足で布団を跳ね上げようとした時、さっきからずっと聞こえていた音に気づいた。

きりきりきり。

布目の歯ぎしり。障子の向こうからだ。

え？

じゃあ、ここにいるのは？

布団から黒い影が抜け出して部屋の隅に飛びすさった。闇が淀《よど》んだように濃いそこに目を凝らす間もなく、影が巨大な蜘蛛《くも》のように壁を這い上がっていく。布目にしては影が小さすぎることに遅ればせながら気づいた。

黒い影が四本の手だか足だかを蠢かせて壁を伝っている。真矢は押忍のポーズのまま固まってしまった。目で追えたのはそこまでで、首を動かすことができなくなった。

すっすっすっ。

入り口に近い襖《ふすま》の開く音がした。

ぱた。

襖が閉まる音。

真矢の体の中で、最初に動いたのは唇だった。

「先生っ」

きりきりきり。

「布目先生、起きて！」

きりきりきりきり。

明かり、つけよう。十字に交差させていた両手を腰まで引き、今度は「押忍」と実際に声を出して、なけなしの気合を入れてから立ち上がる。

照明スイッチがあるのは、さっき黒い影が消えた襖の向こう側だ。

押忍。押忍。真矢はおそるおそる襖に手をかける。さっきの影がまだそこにいるはずだった。開ける勇気を奮えたのは、ここにいるのが自分一人じゃないからだ。たとえあんなんでも布目がいる。

とはいえ、全開にする勇気まではなかった。襖を腕が通る幅だけ開け、スイッチに手を伸ばす。誰かにその腕を摑《つか》まれる気がして、めちゃめちゃに手さぐりする。

部屋に明かりがついた。

布目の歯ぎしりを試合会場の声援のように聞きながら襖に手をかける。目を閉じて引き開けて、そのまま反転して布目のところまで逃げた。

「先生っ、起きて起きて起きて」

布団の上から布目の胸をぽこぽこ叩いた。それでも起きないから、尻のあたりを蹴り飛ばした。

「………ん?………あ?」

「出た出た出た、出たんです」

上体を起こした布目の背後にまわり、布目の体を楯《たて》にして、襖の向こうに目を走らせる。


いない。

誰もいない。


部屋の戸が開く音も気配もなかったはずなのに。

布目がふくらませた目を真矢に向けてくる。眼鏡のない布目の目は、驚くほど大きくて睫毛《まつげ》が長い。子鹿みたいなその目をあわてて隠すように眼鏡をかけてから、寝ぼけ声を出した。

「出た?………何が?」

何が出たんだろう。寝ぼけてはいなかったはずだが、はっきり姿を見たわけでもない。明るくなった部屋を見まわして真矢は首をかしげる。そして首をかしげたまま、幻覚、幻覚、と唱え続けた。

三

午前九時。すぎのこ幼稚園。

狂気の民俗学者、布目悟《さとり》が門の前に立っている。

心持ち青ざめて見えるのは、昨夜遅く、同行したスタッフに叩き起こされ、トイレと浴室の中に不審者が潜んでいないか点検させられ、眠れなくなった彼女に飲めない酒をつきあわされたためか——

今日の真矢はすでにビデオカメラを回している。幼稚園の門の中に先回りして、入ってくる布目を撮り、園舎とそこへ歩いていく後ろ姿をロングで押さえた。

「何してるの、シンヤ君」

ああ、だめだめ振り向いちゃ。ドキュメンタリーの基本は、観客にカメラの存在を忘れさせることだ。

「きゃあ〜　本当に来てくださったんですね」

園舎に入ったとたん、真矢と布目は歓声に迎えられた。

「お会いできて光栄ですっ、布目教授。ブログ、いつも読んでます」

正確に言えば、歓声をあげられているのは布目だけだ。菊池《きくち》という名前の幼稚園の先生は、職員室から出てくるなり、布目に抱きつくんじゃないかと思うほどの勢いで駆け寄ってきた。真矢がいなかったら、本当に抱きついていたかもしれない。

「テレビでお顔は拝見してましたけど——わっわっ、本物っ。教授のブログ、すごい人気だから、お返事をいただいた時には、もう感激しちゃって」

布目がテレビに出ている？　ブログがすごい人気？　どういう人気だ？　グリーンイグアナみたいな？

菊池先生は真矢といくつも変わらないだろう年齢。ちょっと可愛《かわい》くて胸が大きいからか、アップで撮っている布目の鼻と唇の間隔がこころなし長くなっているように真矢には見えた。

「先生、今日の撮影はどうしようか。三脚を使おうと思うんだけど」

いつもはいちおう敬語なのに、タメ口で話しかけてしまった。

「最近はどうですか、菊池さん」

「前よりひどくなってます。妙なことがいろいろあって」

「ねえ、先生」

「妙なこととは、たとえば？」

聞いてないし。

「保育室で実際に教授に見ていただいたほうが早いと思います。園長先生の許可もとってありますし」

教授じゃねえし。

菊池先生の後について、園児の絵が飾られた廊下を歩く。その途中で菊池先生が立ち止まった。

「たとえば、この絵は私の組の子どもたちが描いたものなんですけど……」

大きなコルクボードに貼られているのは、キリン、ゾウ、イヌ、ネコ、イルカ、怪獣、その他いろいろの動物の絵だ。菊池先生が担任しているのは、四、五歳児の年中組だそうで、けっこう達者なアニメ風の絵もあれば、何を描いたのかさっぱりわからない抽象画みたいな絵もある。

菊池先生はその中の一枚を指し示した。わりとうまく描けている茶色の動物の絵だ。

「ビーバー？」

真矢の言葉にファインダーの向こうで布目が首を振った。

「いや、カワウソだ。ちゃんと特徴をとらえてる」

タッチは子どもそのものだけれど、ていねいに描いてある。まるで実物を写生したみたいに。でも、カワウソって確か……布目も同じことに気づいたみたいだ。

「昔は日本全国に、もちろんこのあたりにもいたはずだけど、日本のカワウソは昭和時代に絶滅したと言われている」

問題はそこではない、私の悩みを聞いて、というふうに菊池先生が言った。

「この絵、誰に聞いても、自分は描いてないって言うんです」

「こういう現象が起きるのは、先生のクラスだけだという話でしたね」

「ええ、いまは年中の『こじか組』だけです。給食の時の麦茶がひとりぶん減っていたり、人数ぶん用意したはずの教材がひとつ足りなかったり」

「いつからですか」

「この幼稚園はできて三年目で、その直後からだって聞いてます。私は去年、新卒でここにきたので一年目のことはよく知りませんが、去年は年少の『ひよこ組』で似たようなことがたびたびありました」

布目が顎を撫でる。長い顎を削り取ろうとするように。何かを考えている時のポーズだ。

ドキュメンタリーの主役として布目が絵的に持つのかどうか不安だったが、こういう時の布目は絵になる。わりと鼻筋通ってるし。

こじか組の保育室の扉を開けるなり、騒ぎ声が風圧となって押し寄せてきた。

明るい陽《ひ》が差しこんだ部屋で子どもたちが駆けまわっていた。床にも天井にも木がふんだんに使われた広い部屋だ。すぎのこ幼稚園という名前どおり、杉を建材にしているんだろう。太い丸太を半分に割っただけのような梁《はり》は、もともとここに立っていた杉の木をそのまま使っていたとしても不思議はない。

「みんな〜聞いてくださーい」

菊池先生がぱんぱんと手を鳴らすと、子どもたちが動きを止めて振り返った。一斉にではなく、別々のゼンマイが不揃いに切れるように少しずつ。

ぱんぱんぱん。ぱんぱんぱん。三回目でようやく全員の視線が集まる。毎日これをやっているのか、幼稚園の先生も大変だな。

「今日はぁお客さまがきましたよ〜」

真矢と布目が部屋の上手《かみて》の真ん中、黒板の前に立つと、子どもたちがまた騒ぎはじめた。

「おーカメラだカメラだ」

「てれびのひと？」

「でっかいねえちゃん」

そんなでもない。あんたらがちっこすぎるのだ。

ほんとうにみんなまだ小さな子どもだ。ビデオカメラを向けると、ピースを返してくる子もいるし、もじもじと下を向いてしまう子もいる。久保さんちの何番目かの女の子もいた。

「みなさーん、席に座ってくださーい」

菊池先生がまた手を打ち鳴らした。保育室の前方には、木製のテーブルが横に細長くつなげて置かれていて、両側にちっちゃな椅子が並んでいる。「誰がいちばん早いかなぁ」先生が言葉をつけ足すと、子どもたちの動きが倍速映像になった。競ってテーブルに群がる。

「今日は大学のゆーめいな先生が、すぎのこ幼稚園に見学にきてくれました。見学っていうのは、みんながいつもなにをしているのかな〜って見にくることだよ。みんなのいい子ぶりを見せてあげてね〜」

「はあーい」子どもたちが声を揃えた。

「シンヤ君、僕のことは撮らなくていいから、教室全体が映るようにカメラを固定してくれないか。定点観測ができるように」

「はぁーぃ」

部屋のいちばん後ろに三脚を立ててビデオカメラを据えた。ファインダーをのぞいて全体がカバーできているかどうか確かめた。明け方まで眠れなかったから、両目がしくしくする。どこから見てもふつうの幼稚園のふつうの幼稚園児たちしか映っていない。妖異とはほど遠い世界に見えた。ここでほんとうに妙な出来事の正体がつきとめられるんだろうか。だめなら今夜も眠れなくなってしまう。

「布目先生、カメラの位置、あれでいいですか」

ビデオを回しっぱなしにして、かわりにデジカメを首からさげる。真矢が上手に戻りかけた時、菊池先生が布目に囁いた。

「……来てます」

菊池先生が指さす先に、男の子が一人。みんなが席についているのに、一人だけぼんやりと突っ立っていた。

他の子どもよりひとまわり小柄で、髪はいまどき珍しい坊主頭。昭和の子どもといった感じだ。

あれが座敷わらし？

真矢はすみやかに動画機能にしたデジカメを向けた。

坊主頭は細い目をめいっぱい見開いて左右を見渡していた。

「おれの席っ、おれの席がないっ」

菊池先生が昭和顔の坊主頭に声をかけた。

「悪いけど、先生のお椅子を使ってね。瑠伊《ルイ》くん」

ルイくん？

布目にこわばった顔を向けて先生が言う。

「こうしてよく椅子がひとつ足りなくなるんです。人数ぶんぴったり揃えているのに。でも一人増えたのが誰なのかがどうしてもわからなくて……」

椅子はすべて埋まっている。でも誰が増えているのかが、担任の菊池先生にもわからないらしい。

テーブルの手前側の子どもたちは椅子の向きを黒板のほうに変えているから、全員がこっちを向いている。真矢はデジカメのレンズを並んだ顔の右から左へパンさせた。子どもたちの誰もの顔が急に、並んだ能面に見えてきた。さざめく声が海鳴りのように遠く感じる。人数は女の子と男の子が半々。どの子もお揃いの園児服《スモック》……あれ？

あの子は誰だろう。

久保さんちの子の隣、長テーブルの左手の奥の子だ。一人だけ服が違う。ライトグリーンの園児服の中で、その赤い花が咲いたような色が異様だった。

布目と菊池先生を振り返る。二人はまだ子どもたちの数をかぞえていた。あの子が見えないのだろうか。わたしにははっきり見えているのに。真矢はデジカメを顔にあてがったままダッシュした。

レンズを向けてバストショット。オカッパ頭の女の子だ。

顔をアップショット。泣きはらしたあとのような沈んだ顔。クローズアップ。周囲の子どもたちが「わっ」と叫んで立ち上がる。布目の声が聞こえた。

「何をしてるんだ、シンヤくん」

「見つけました。見えます。わたしには見えるんです。この赤い服の子！」

床にうずくまり、下からのぞきあげるアングルのあおり撮影。青ざめた少女の顔がぐにゃりと歪《ゆが》んだ。

久保さんの娘が叫んだ。

「やめなよ」

その隣にいた子も。「かわいそうじゃない」

「そうだそうだ」さらに隣の男の子も。「陽菜《ヒナ》ちゃん、泣いてるよ」

ヒナちゃん？　はい？

真矢は、グラビアアイドルのスカートの中を狙うカメラ小僧みたいな姿勢のまま固まってしまった。

「陽菜ちゃんは、さっきお庭でころんで制服を汚してしまったんです。だからかわりに体操着を着ているんですけど」

菊池先生の声はこころなしか冷たかった。真矢は咳払いをして立ち上がり、「ごめんなさい」とヒナちゃんに謝る。よけい泣かれてしまった。

ビデオカメラの前に戻り、うなだれてビューファインダーを拭いていた真矢に布目が歩み寄ってくる。ファインダーをのぞきながら声をかけてきた。

「焦らなくていいよ。そんなに簡単に姿を現わさないさ」映像を見てひとしきりうなずいてから言葉を続けた。「第一、僕の予想では座敷わらしは男の子だ」

「男の子？」

「うん、きれいなコを選んで、くっついて歩いているように思えるんだ。久保さんの家の子や君みたいな」

「はあ」

布目の口調があくまでも学術的な仮説としてといった調子だったから、ある意味、自分が褒められているらしいことに、すぐには気づかなかった。顔をあげて布目を見返した時にはもう、菊池先生のところに戻って、何か耳打ちをしていた。

菊池先生が子どもたちに呼びかける。

「では、これから『お並びできるかな』をやりまーす。みなさん、いいですかぁ〜」

「はあーい」

「シンヤ君、一人一枚ずつ写真を撮ってくれ」

「はあーい」

園児たちが保育室のすかんと空いた後方の右手の壁に並んだ。

「あべまなみちゃーん」

「はーい」

「いわぶちゆうとくーん」

「はい、はいっ」

菊池先生がひとりずつ名前を呼び、呼ばれた子は手をあげて部屋を横断し、左手の窓ぎわに立つ。真矢は布目に指示されたとおりにデジカメのシャッターを切った。

一人、二人、三人、四人、五人……

……二十一、二十二、二十三人。

数はぴったり。シャッターのカウントもぴったり。二十三回だ。

真矢たち三人は指さし確認をしながら、左手に並んだ子どもたちの数をかぞえる。

一人、二人、三人、四人、五人……

……二十一、二十二、二十三、二十四人。

ひとり多い。

何度かぞえても。

「よそのクラスの子がまじっているということは」

布目の問いに、菊池先生は青ざめた顔で首を横に振る。

「園児服の色が違うんです。年少さんは黄色。年長組は青。園全体で六十人しかいませんから、ほかのクラスの子の顔と名前も全部覚えています……なのに、どうして?」

菊池先生にわからないものが、真矢と布目にわかるわけがない。

もう一度、今度は左の窓ぎわから右の壁へ。ひとり移動するごとに布目が黒板に「正」の字を書く。

正　正　正　正……

四つの正の字にあまりが三つ。二十三だ。右手に移った子どもたちをかぞえる。二十一、二十二、二十三、二十四。

やっぱりひとり多い。

不思議だった。真矢は子どもたちにやみくもにシャッターを切る。カメラを握る手にいつのまにか汗がにじんでいた。

「ねぇ、きくちせんせい、いつまでやるのぉ」

「おきゃくさんのけんがく、つまんない。おあそびしたーい」

「した――い」

二十三人の、いや、二十四人の子どもたちが騒ぎはじめた。菊池先生が助けを求める視線を布目に走らせる。そんな目をしても、幼稚園の先生でも制御不能な子どもたちを、同じ先生でも大違いのセンセイの布目になんとかできるはずがない。

黒板の前に立っていた布目がいきなり声をはりあげた。

「みんな、ありがとう。もうおしまいだ。次はゲームをしよう。おもしろいぞ」

幼児番組の歌のお兄さんのようなよく通るはつらつとした声だった。

「お手あげチャンピオンクイズだよ。これからオジサンが質問をしまーす」そういって、片手をびしりとあげて飛び上がる。

「あれ、これは自分のことだって思ったら、すばやく手をあげてね」もう一度飛びはねた。くねくねと腰をくねらせた気持ち悪い動きで。

「いちばん早くあげた子がチャンピオンだよ」

もっさりしたいままでの動作からは信じられないパントマイムのピエロのような身振り手振りが子どもたちの視線を奪う。まるで別人だ。真矢はカメラを向けることも忘れてまばたきをくり返す。

「いくよぉー、質問その一。今日の朝、ウンチしてきたひとぉ〜」

布目がいきなりウンコ座りをして、尻を振る。うきゃきゃきゃきゃ。子どもたちが笑う。すげえ。子どもはウンチネタが大好きなことをちゃんと把握している。菊池先生の目からは布目への尊敬の光が消えているけれど。

真矢は動画機能に戻したデジカメを構えた。魅入られたように布目にズームする。

「はい、お手あげっ」

はいはいはいはいはいはいはいはい。

布目が片手を差しあげるのにならって、子どもたちが競って手をあげた。男の子も女の子も。

「えーと、誰がいちばん早かったかな。えーとえーと」

子どもたちをたっぷり焦《じ》らしてから、ひとりを指さす。

「君だ」

布目が黒板の前に呼び寄せて名前を尋ねる。その子の手をボクシングのレフリーみたいに高々と差しあげた。

「今日の朝のウンチのチャンピオ〜ン、ショウマくん。みんな拍手っ」

どんなチャンピオンなんだ？　でも、ショウマくんは、みんなの拍手に誇らしげに胸を張り、ほっぺたを赤く染めている。「おめでとうございます」布目が片手をマイクを握るかたちにして勝利者インタビューのまねを始めると、ほかの子たちは羨ましそうにそれを見つめた。

「いっぱい出ましたか、ウンコ」

うきゃきゃきゃきゃきゃきゃ。

「じゃあ、質問、その二。今日、朝ごはんにパンを食べてきたひと〜」

はいはいはいはいはいはいはいはい。

またひとりが呼ばれて勝者のコール。「ゆいなちゃんに拍手〜」

「質問、その三。今日、朝ごはんにお米のごはんを食べてきたひと〜」

布目の質問を待ちきれずに子どもたちは立ち上がって飛びはねている。フライングして質問の前に手をあげちゃう子もいた。

「朝ごはんにちゃんこ鍋を食べてきたひと～　あー、うー、ごっちゃんです」相撲取《すもうと》りみたいな声色《こわいろ》を使って、シコまで踏んでみせる。「あら、いないね」

うきゃきゃきゃきゃきゃ。

「じゃあ、プリンが好きなひと～」

はいはいはいはいはいはいはい。

「あん団子が好きなひと」

はいはいはいはいはいはいはいはい。

「テレビゲームが好きなひと」

はいはいはいはいはいはいはい。

「かくれんぼが好きなひと」

はいはいはいはいはいはいはいはい。

「いま五歳のひと」

はいはいはいはいはいはいはい。

「いま四歳のひと」

　はいはいはいはいはいはいはいはいはい。

「座敷わらしのひと」

「はいっ」

　真矢は目を見張った。

　長テーブルの中ほどで、子どもがひとりだけ立ち上がっている。片手をあげ顔中を口にして叫んでいた。

「はいっ、はいっ」

　布目も目を見張っていた。布目が立ちつくしたままでいると、その子どもはだだだっと黒板の前に駆け寄り、右手を差し出してぴょんぴょんはねはじめた。

　真矢は座っている子どもたちを素早くかぞえた。

　二十三人。

　全員いる。

　じゃあ、いったい、いまそこにいる――

　この子は？　と問いかける表情で布目が菊池先生を振り返る。先生は悲鳴をこらえるように両手を口に押しあてていた。青ざめた顔を横に振っていた。

　ふつうの子どもだ。ふつうすぎて奇妙だった。まるで絵本の中の幼稚園児を、そのまま本物に移し替えたようだった。

眉の上でまっすぐに切り揃えた髪。大きくも小さくもないまん丸の目。色白でほっぺたのところが薄く赤い丸に染まっている。服もみんなと同じ。

布目にしがみつくように懸命に右手を伸ばしている。手を差しあげてもらいたいのだ。ほかの子と同じように。

ぽかりと口を開けたまま男の子を見つめていた布目が、壊れものにそっと触れるように腕を伸ばして手首を握る。

「座敷わらしのひとのチャンピオ〜ン」

「きぃーっ」

子どもが奇声をあげて笑う。そして——

「あ」

自分の過ちに気づいて顔を硬直させた。

「君、お名前は？」

布目に手首をつかまれた子どもの——座敷わらしの顔から表情が消えた。ふつうすぎる半ズボンの下のふつうすぎる細い足が震えている。すくんで動けなくなってしまったらしい。

ようやく我に返った真矢は、デジカメのレンズを座敷わらしに向けた。

「誰か、この子を知ってるひと」

はいはいはいはいはいはいはいはい。

園児たちはみんな座敷わらしのことを知っていたのだ。初めから。

「じゃあ、この子の名前を知ってるひと」

子どもたちの手はあがらない。

「お手あげチャンピオンじゃないから、知ってることをなんでもお話ししてね」

「だれだっけ」

「いつも鉄棒にいる子だよ」

「うん、さかあがりができるんだ」

「知ってるけど、名前はわかんなーい」

スクープだ。布目のドキュメンタリーどころじゃない。インディーズのコンペどころじゃない。大スクープ映像だ。真矢は座敷わらしに駆け寄ってカメラを近づける。

「ひぃぃぃぃぃ〜」

ガラスを釘《くぎ》でひっかいたような音が聞こえた。座敷わらしの悲鳴だった。

「ひぃ〜っ　たましいとられる」

顔をアップで捉えた。幼稚園児のカリカチュアのような顔に恐怖の表情が張りついていた。大きく口を開けて叫び続けている。その口の中に歯が一本も生えていないことに真矢は気づいた。

「たましいとられる　たましいとられる」

少しズームバックしてウエストショット。よく見ると座敷わらしの園児服は、絣《かすり》の着物を仕立て直したような薄っぺらい生地だった。胸につけたみんなと同じチューリップのかたちの名札は、一見文字が入っているように見えるが、筆で書いたふうなでたらめの線がぐにゃぐにゃと引かれているだけだ。

「たましいとられる　たましいとられる　たましいとられる　たましい」

なんだか真矢は、自分がどうしようもない悪人になった気分がした。カメラのレンズが座敷わらしを抹殺する銃口に思えた。

ファインダーから顔を離して座敷わらしの顔を見つめた。座敷わらしは壊れた機械みたいに首を左右に振り続けている。もう言葉もまともに出てこなくなっている。

「た、た、た、たたたた」

デジカメを持つ手を下ろした。布目も同じことを考えていたのかもしれない。座敷わらしの手首を摑んでいた手を離していた。

真矢は恐がらせないようにそっと、座敷わらしに囁きかけた。

「ごめんね。もうしないから」

カメラからSDカードを抜き出す。なぜだろう。そうしたほうがいい気がして、カードを、意味がわからないに違いない座敷わらしの手に——運命線も生命線もないつるつるの小さな右手に握らせた。

座敷わらしは真矢たちにくるりと背を向けて、水に潜る魚の俊敏さで子どもたちの中へ走りこんでいった。そうすると、その姿はもう、前のとおりどこにいるのかまったくわからなくなってしまった。

四

走り出した列車の窓の外が茜色《あかねいろ》に染まっている。夏の遅い陽も遠野の街も山の向こうに隠れようとしていた。

一面に水田が続くありふれた風景を眺めながら真矢はずっと考えていた。あれは本当に起きたことなのだろうかと。

隣の布目に、何度も口にした言葉をまたくり返す。

「先生、すみません」

「え、なんだっけ？」

「映像のデータ。せっかく撮ったのに」

あのあとすぐに園児たちの数をかぞえたら、もとの二十三人に戻っていた。ＳＤカードは、瑠伊くんが座っていた先生用の椅子に置いてあった。真矢たちのことを許してくれたのかもしれない、と再生してみたら、映像はすべて消えていた。

部屋全体を撮っていたビデオカメラはバッテリーが切れていた。高画質モードで布目のドキュメンタリー映像を撮りすぎたせいもあっただろうが、残り時間にまだ余裕があることはちゃんと確かめておいたはずなのに。

不具合がありえないほど偶然にも重なったのか、座敷わらしがそうしたのかはいまとなってはわからない。

遠野牛弁当をほおばっていた布目が割り箸を左右に振る。

「ああ、別にいいんだ。この目で見ることができたんだから、それだけでいいさ」

座敷わらしが現われ消えたあとも布目は、幼稚園の先生たちに聞き取り調査を続けた。なにごともなかったような顔で。でもその目はずっと何かを探していた。きっとあのふつうすぎる男の子がまた出てこないかと期待していたんだと思う。

「大スクープだったのに」

布目がまた箸を振る。しぐれ煮のかけらが飛んできた。

「いや、どっちにしても発表するつもりはなかったんだ。発表しても、無駄っていうべきかな」

「ムダ？」

「うん。もし何かが映っていたとしても、残っているのは、ぼくがただの子どもを泣かせているだけの映像だ」

そう言われれば。もし映像がちゃんと撮れていて、ネットで発表したとしたら、「児童虐待」なんてコメントがあふれて炎上しそうだ。

「実証実験をしようとしたって、そんなところには絶対現われないだろう。あの状況に居合わせないかぎり、誰も信じやしないよ。ぼくらが見ていたのとは違う姿で映っていたならともかく」

「違う姿……」それがどんな姿なのか、真矢は想像しないことにした。「じゃあ、さっき見たことって……」

「ああ、謎のまま残るってことさ。座敷わらしはそうやってずっと生きのびてきたんだろうね」

菊池先生は真矢の行動を理解してくれた。「せっかく来ていただいたのに、こんなことを言うのは勝手ですけど、あれで良かったんだと私は思います。騒ぎになってしまったら、こじか組の子も、すぎのこ幼稚園のみんなも動揺してしまいますし。今日のことは誰にも言いません。この一年、二十四人の園児を預かったつもりで保育しようかと。座敷わらしも」

布目はあっという間に弁当を食べ終わり、空の箱に両手を合わせてごちそうさまをした。真矢はかにちらし弁当の包みを開けながら聞いてみた。

「座敷わらしは、なぜ出てくるんでしょうか。生きられなかった恨み？」

そう言ってから、いつのまにか自分が座敷わらしを肯定して喋っていることに気づいた。この世には説明のできない物事がまだまだある。真矢が悩んだりあがいたりしている現実なんて、この世界のうわ澄みみたいなほんの一部かもしれない。

「幽霊とは違う。子どもの精霊だからね。恨みや怒りの感情なんてないと思うよ。『ここにいるよ』って言いたいだけなのかもしれない。きっと『忘れないで』って言っているんだよ」

思わず西日に顔をしかめている布目の横顔を見つめてしまった。

案外にいいヤツかもしれない。女の子の前でもかまわずゲップとかしてるけれど。

そして、意外にイケメンかも。横から見ると、分厚いレンズが隠している大きな目がよくわかる。エディ・レッドメインに似ていなくもない。耳のかたちとか。

さっき思いついたことを口に出してみる。

「ねぇ、先生、私、修士課程に進むつもりなんですけど、いまからでも民俗学を専攻できますか」

腕組みをした布目からは返事がない。真矢はかにちらしをぐずぐず突き崩しながら言葉を続けた。

「あの……けっして妖怪とか、もののけとかに興味があるわけでも、今日のことで百パーセント信じたわけでもないんですけど……先生がおっしゃった、『この目で確かめてもいないのに、否定するのは正しいのか』っていう言葉は、本当にそうだと思うんです。研究室をどこか、紹介していただけたら、嬉しいかなぁって。あ、あの、もちろん布目先生のところでも……」

んが。という声だか音だかが聞こえた。

布目は寝ていた。

やっぱり、やなヤツ。かにちらし弁当のいくらを飛ばしてやった。

河童沼の水底から

一

まだ夏休みが終わっていない九月のキャンパスには人けがなく、ウエスタン映画に出てくるゴーストタウンのように、びょうびょうと秋の初めの風が吹いているだけだった。

三方を校舎で囲まれた中庭は静寂に包まれていて、ヤッホ〜と叫べば、こだまが返ってきそうだ。三号館の向こうのグラウンドから、どこかの運動部のかけ声だけが遠く聞こえる。真矢《まや》はその声に誘われるようにふらふらと中庭を横切った。

まいったな。バイトが見つからない。ネットの求人サイト、最寄り駅に置いてあったフリーペーパー、ぜんぶ空振りだ。

「ご応募ありがとうございました。採用は締め切らせていただきました」

「最低三か月は働いてくれないと」

「うちは肉体労働だから、女の子には無理だと思うよ」

肉体労働は得意だ。映画研究会の制作至上主義グループ時代は、ロケ機材を男子と一緒に運んでいた。そこらへんの男よりよほど役に立つと思うのだけど、ネットや電話じゃそれを証明できない。

「日払いっていうのは、ちょっとね」

だよな。「日払いにしてくれ」っていうこっちの要求もずいぶんだとわかっちゃいるのだが、一か月先まで支払いを待てないのだ。餓死してしまう。

学生ホールの掲示板の求人募集に期待して、こうしてやってきたのだが、ここもだめ。「日払い可」だったのはたったひとつ。

『プール監視員　男女若干名』

ムリ。金ヅチなのだ。五歳の時、海で溺れてから、水は苦手だった。

人けのないキャンパスの真ん中でため息を吐き出してから、化粧水をつける時のように自分のほっぺたをぴしゃりと叩《たた》いた。「ま、いっか。次があるさ」全財産だってあと四千三百七十五円もある。いや、朝、パンを買っちゃったから、あと四千二百八十円だ。

映研の部室に寄ってみようかと考えたが、すぐに思いなおした。誰もいないだろう。少なくとも真矢と同じ四年は。卒業旅行中かインターンシップか、はたまたまだ内定をもらえなくて必死こいている頃だ。

グラウンドの土手に寝ころんでバターロールの入った袋を開ける。ここ数日、食事といえばカップ麺かひと袋五個入り九十五円のバターロールだけ。就職をせずに学校に残って自主制作映画をつくりたい、親にそう宣言した翌月から仕送りがストップしてしまった。くだらんこと考えとらんと、広島に帰ってこい、という父親の無言の圧力。兵糧攻めだ。

夏の空は今日も鬱陶しいほど青い。積乱雲が目に沁《し》みる。私の信念にゆるぎはない。そう思いながらも、頭の隅には違う考えがむくむく湧きあがってくる。

自分がとんでもない勘違いをしている大馬鹿で、いまやっていることのすべてがただの空まわりなんじゃないかって。回し車のハムスターみたいに。

すっかり味を覚えてしまって、食べる前からゲップが出そうなバターロールをひと口かじろうとした時だ。

「お〜〜い」

どこかで声がした。大声を出すのに慣れていない人間が大声の練習をしているような声だ。

「お〜い、シンヤくーん」

今度はさっきより近く、頭の上から声が降ってきて、ようやくそれが自分に向けられていることに気づいた。同時に声の主が誰であるのかも。真矢という名前がときどき男名前と間違えられるのは確かだが、真矢を女と知りつつシンヤと呼ぶ人間は、一人しかいない。

土手の上に山羊《やぎ》みたいな間のびした顔が現われた。フレームに氷が張ったような度の強い眼鏡に、寝ぐせを直さないまま一日を過ごしているんじゃないかと疑うくしゃくしゃの髪。文学部准教授の布目《ぬのめ》だ。本当の年齢は知らないが、見た目は二十代後半。

「うぃっす」

適当に挨拶して立ち去るのを待つことにした。目を合わせないようにそっぽを向く。だが布目は、儀礼的な挨拶をかわしただけで去るつもりはないようで、棒みたいな手足をぶかっこうに動かしながら土手を駆け下りてくる。芝に足をとられてするりと滑り、野球選手がスライディングするようなポーズで真矢の横にぴたりと止まった。

「やあ」

「ども」

「いいところであったよ、シンヤ君」

布目と初めて会ったのは、夏休みの少し前だ。民俗調査のアシスタントとして岩手県へ行き、そこで奇妙な体験をした。見てはならないものを見てしまったのだ。

世の中には知らないほうが幸せなこともある、とあとになって思い知った。しばらくはその光景が夢に出てきて、夜中に何度も飛び起きた。金縛りをともなうこともある。

「ねえ、先生。私の名前は、マヤ、なんですけど。高橋真矢」

「あ、ごめん」

「わざと間違えてません？」

「とんでもない。慣れちゃったもんだから」

布目が水浴びをしたシェットランドシープドッグみたいに首を振る。たぶん本当にそうなんだろう。思いこみが激しくて、一度インプットされた情報は修正がきかないタイプ。

「また頼めないかな、フィールドワークの助手」

嫌だった。いまの真矢は目の前のキビシイ現実に立ち向かわなければならないのだ。布目と現実離れした異常な体験をする余力はない。

「わたし、ちょっと」

「今週の日曜から」

「忙しくて」

「わりと近くなんだ。山梨と静岡の県境あたり」

人の話、聞いてないし。

「日当もちゃんと出すよ。じつは僕が書いた本が増刷されたんだ。八百部だけど」

「いまなんと？」

「増刷されたんだ。八百部だけど」

「その前」

「わりと近くなんだ」

「それの少しあと」

「え……なんだっけ……ああ、日当も出すよ。一日八千円でどうだろう」

「行きます」

布目が生い茂る牧草地に放たれた山羊の表情になる。

「二日……いや、三日……いや、もう少しかかるかも……あ、でも、なるべく早く終わらせるようにはするから」

終わらせなくていい。八千円×三で二万四千円。四日なら……おお。ひさしぶりに昇龍軒でスタミナ丼とジャンボ餃子とビールだ。いや、その前に宿の食事だ。温泉旅館？　もしかしてリゾートホテル？　ひゃあ、バイキング？　ローストビーフかっ——急に不安になった。尾道のお祖母《ばあ》ちゃんがよく言っていた。黄金《こがね》の草鞋《わらじ》にも必ず裏がある。

「ところで今度はなんの調査なんですか」

「これだよ」

布目は枕にちょうど良さそうな厚さの本を何冊も抱えていた。背表紙を真矢に見せる。

『河童伝承大系』

『近代河童考』

『河童口承調査報告』

「……かわどう？」

「いや……カッパ」

布目は哀れむような目を真矢に向けてくる。

「シンヤ君、ほんとうに国文科？」

「失礼な。専門は和歌です。卒論は百人一首研究——忍ぶれど色に出《い》でにけり我が恋は物や思ふと人の問ふまで　平兼盛」

「あ、気にさわったら、すまない。忘れてくれ」

「忘らるる身をば思はず誓ひてし人の命の惜しくもあるかな　右近《うこん》」

「悪かった。もうわかったから」

「これやこの行くも帰るも別れては知るも知らぬも逢坂《あふさか》の関　蟬丸《せみまる》」

「ごめんなさい」

二

田子の浦にうち出でて見れば白妙《しろたへ》の富士の高嶺《たかね》に雪は降りつつ
真ん前の目の前に富士山があった。東海道線富士駅だ。ここからローカル線に乗り換えて富士の裾野を北上する。真矢はバイト代ばかりに浮かれて、肝心なことをまだ聞いていなかったことを思い出した。
「どこへ行くんですか、私たち」
「三《み》ッ淵《ぶち》っていうところ。河童《かつぱ》伝承の残っている土地として有名なんだ。いわゆる河童の里と呼ばれる場所は全国各地にあってね。もうたいていの場所には行ったけれど、あそこは僕も初めてなんだ」

遠足に出かける小学生みたいな屈託なさすぎの口ぶりで言う。

「話に聞くと、かなり辺鄙《へんぴ》な隠れ里のような土地らしい。富士山麓はもう日本では数少ない秘境だからね。まだまだそういう場所が残っているんだよ」

少なくともローストビーフは出てこなそうだ。

「河童の調査って、具体的にはなにを？」

今回も真矢は撮影係だ。ビデオカメラと三脚、一眼レフのデジカメも用意してきた。聞きたくはなかったが、聞かずにはいられない。

「うん、河童淵、河童沼と呼ばれている場所をリサーチしたい。それから地元の旧家でヒアリングをする。伝承にまつわる所有物を見せてもらうことになっているんだ」

布目にしてはずいぶんまともなことを言う。さすがの布目も今回は「河童を撮影したい」とは言っていない。いや、でも「しない」とも断言してはいなかった。

家並みが消えて緑のすり鉢の底みたいになった窓の外を眺めている布目の目には、小さなお星さまがまたたいていた。最初は念仏を唱えているふうに聞こえていたのは、鼻唄だった。布目が妙なことを言い出すのが怖くて、真矢は先に言葉を放つ。

「ねえ、先生、河童なんてほんとうはいないんでしょ。今度こそただの民俗調査ですよね。私、苦手なんですよ。両生類とか爬虫類《はちゅうるい》とか、水の中にいてぬるぬるしてそうなの全般が」

頭の中でつい想像してしまった。どんよりとした沼の畔《ほとり》でビデオカメラを回しているると、いきなり水面から緑色の手が伸びてきて足首を掴《つか》まれ、水の中に引きずりこまれていく光景を。真矢はぶるりと首を振る。カッパなんて絶対に、絶ぇっつ対ぃに、いないとは思うけれど。百パーセント言い切る自信はない。布目と一緒だと何が起きてもおかしくはないのだ。

真矢の質問にしばらく考えこんでいた。考えこまなくていいんだけど。考えて欲しくない。布目が眼鏡のブリッジを押し上げてから口を開いた。

「うーん、河童のことは話せば長いんだけど。起源から説明しようか。伝承されている由来説話には、人形化生《けしょう》説、渡来説、牛頭天王《ごずてんのう》の御子神《みこがみ》説などの諸説があってね。人形化生というのはつまり、川に流した藁《わら》人形が化身して……」

ほんとうに長くなりそうだ。

「あのぉ、もっと短く、ダイジェストでお願いします」

「いないと言えばいない。いると言えばいる」

「もうちょっと長く」

「河童に関する伝承、目撃譚《たん》は昔から数多く残っているんだけど、その多くはなんらかの動物を見誤ったというのが真相みたいだね。カワウソ、サル、タヌキ、あるいはアシカやアザラシ。それらの姿が錯覚や妄想を招いたとしか考えられないケースがほとんどだ。そもそも、いまのような河童のイメージが形成されていったのも、そうした不確かな見聞が脚色されたり、混同されたりして語り継がれてきた結果とも言える」

「なんだ。じゃあ、河童の正体は動物なんだ」

布目が首を横に振った。

「いや、それだけじゃ説明がつかない場合もある……僕は違う可能性も考えているんだけど……」

また始まっちゃった。少し迷った様子を見せてから、布目が大きなバッグから何かを取り出した。

「今回は目撃写真もあるんだ」

そう来たか。

パソコンからプリントアウトしたものだ。写っているのは一面の水。手前に青すきや木立が見えるから、湖か沼、あるいは川のようだ。

「これが何か?」

布目が写真の上から三分の一あたりを指さす。水面に黒っぽいシルエットが浮かんでいた。楕円形《だえんけい》で、縦横に亀裂が走っている。

布目の指がその楕円をなぞって、低い声で呟《つぶや》いた。

「甲羅《こうら》に見えないか?」

思わずうなずいてしまった。歪《いびつ》な四角形をすき間なく並べたような亀裂は、紋様に見えなくもない。でも、「岩か流木に見えないか」と聞かれても、やっぱりうなずいたと思う。第一、手前のすすきと比較すると、亀の甲羅にしては大きすぎる。

「撮影場所は三ッ淵。『もののけフォーラム』に送られてきた」

『もののけフォーラム』は布目が開設しているブログだ。一度だけ見た。二度は見ていない。超常現象満載のオタクの情報交換サイトみたいなものだろうと思っていたら、布目の小難しい解説が延々と続く退屈なしろものだった。いちばんの超常現象はアクセス数が六ケタを超えていることだ。

「ブログの読者に全国の情報を送ってもらっているんだ。たいていのものはその場で、誤解や間違いを指摘できるんだけど、これは見逃せなくてね。河童の目撃話は以前から年に何件かは寄せられていたんだけど、去年あたりから急増しているんだ。それも三ッ淵ばかりに集中して」

「で、これが河童だと？」

「いや、わからない。すべては現地に着いてからだ」

まじめくさった顔で布目は言ったが、目がいまにも笑いだしそうだった。嫌な予感がした。


ホームに降りた真矢と布目は、改札の前で立ちすくんだ。

木造の小さな駅舎にふさわしい木製の改札口だったが、そこを囲むように緑色にペインティングされた張りぼてのアーチがかかっている。幅三十センチほどのアーチの上部には、手書きのこんな文字。

『ようこそ　カッパの里へ』

新聞漫画をまねたような河童のイラストも描かれていた。

改札を出てすぐ右手に小さな土産物屋さんがある。その店先には、色も形も薬局の前によく置かれているカエルによく似た河童の人形が据えられていて、『名物カッパまんじゅう』というのぼりが立てられていた。

「秘境ねえ……」

真矢は半開きのカエル目を布目に向けた。布目は視線をそらして黙りこんでしまった。

駅前の『カッパの里イラストマップ』によると、駅から歩いて数分のところに『さわやかカッパピア』という施設があるらしい。子ども用のアスレチックや釣り堀があるそうな。

「行ってみます?」

「いや、いい」

河童淵まではバスで二十七分。停留所から徒歩で三十分。河童沼はそこからさらに十五分。まずは河童淵に向かった。


バスがつづら折りの山道を登っていく。

カーブを何回かやり過ごすと、点在していた民家の姿は消え、道の両側は圧倒的な緑をたたえた原生林ばかりになった。秘境かどうかはわからないけれど、東京からほんの数時間の距離にこんな場所があるなんて、確かに驚きだ。バスは渡っていくのが心細いほど小さな吊《つ》り橋に差しかかった。

「わあ」

思わず歓声をあげた。窓の下には水墨画のような風景が広がっていた。

深い渓谷だ。白い蛇のように川がうねり、巨岩を洗っている。どのくらいの歳月をかけて刻まれたのだろう。岩肌は巨大な手で前衛彫刻をほどこしたかのようだ。こういう雰囲気をなんて言うんだっけ。漢字二文字の熟語。えーと。あれだよ、ほら、あれ——真矢は国文科の意地にかけて思い出した。そう、

幽玄。

あえてカメラは向けない。肉眼にしっかり刻めば、機械のデータの中ではなく、自分の頭の中にいつか撮るための映像をストックできるからだ。

景観は短い夢のようにすぐに木立の彼方に消え、ほどなく目的地に到着した。三ッ淵山登山口だ。ここが終点でバスは山道を引き返していく。

登山口は朱色がすっかり褪《あ》せた鳥居の下から始まる。

「よし、行こうか」

「はい。センセイ、三脚ケースをお願い」

真矢はリュックタイプのカメラバッグを背負い、旅行バッグを肩にかけ、首にはデジカメをさげた。突然現われる被写体には、デジカメの動画のほうが素早く対応できる——って私、すっかりまた超常現象を撮るための準備をしてしまっているじゃないか。

今回の布目はやけに重装備だ。運動部が長期の合宿に出かけるような大きなスポーツバッグを担いでいる。左肩には三脚ケースより長細い布袋。測量器具でも入っているのだろうか。

徒歩三十分っていうのは不当表示じゃないだろうか。いつまで経《た》っても山道だけが続いた。

日射しはまだ夏の余韻を残しているけれど、風は涼しい。ときおり鼻先を赤とんぼが横切っていく。頭に赤とんぼが止まっていることにも気づかない布目がおかしくて、写真を一枚だけ撮る。リュックのストラップを両手で摑み、何が詰まっているのかぱんぱんにふくらんだスポーツバッグのショルダーを斜めがけにした布目の背中をひたすら追いかけた。

『⇧河童淵』という標識にしたがって登山道からはずれても、その先には獣道同然の細くて頼りない道が続いていた。誰かが標識をいたずらしたんじゃないか、引き返したほうがよくはないかと思いはじめた頃、ようやく河童淵に到着した。

両側は切り立った崖。魚の影が疾《はし》る渓流がここで川幅を広げ、水深を増している。山の隠しポケットのような場所だ。上流では小さな滝が水しぶきをあげていた。確かに人の目から逃れた秘境——と言いたいところだったが、滝壺《たきつぼ》の手前に立てられた、真新しいやけに大きな看板がその景観をだいなしにしていた。

『カッパ淵　KAPPA BUCHI』

中国語と韓国語も添えられていて、駅のアーチと同じイラストが描かれている。こちらはフキダシ付きで河童のセリフも入っている。手書き文字で『ゴミ捨て無用！景観を守ろう』と書いてあった。看板の下のほうには、『名物やまめの塩焼き　温泉民宿　長兵衛』。

「ここ、撮っておきます？」

「いや、いいよ」

布目のいつもはぽけっとあいている眉と眉の間が五ミリほどすぼまっていた。

河童淵の先で道はさらに急勾配になった。息を荒くして、どんぐりを踏みしめながら歩き続ける。途中でいままでの苦労をあざ笑うように道が下りはじめた。下りも急勾配だ。荷物の重さにつんのめりながら下りていくと、目の前がきらきら光りはじめた。

水面だ。唐突に周囲を木立に囲まれた沼が現われた。

思っていたより広かった。四百メートルトラックがすっぽり入るだろう。緑色の水が曇った鏡のように木立と背後の山峰を淡く映していた。富士山が近くにあるはずだが、どこにも見えない。

右手と対岸は原生林で、水辺近くまで大きな樹木が繁っている。左手は岩場。その奥は湿地帯になっているようだ。薄靄《うすもや》を立ちのぼらせた水面のところどころに立ち枯れた裸木が顔をのぞかせていた。

神秘的な光景だった。確かに何が出てきてもおかしくはないように思えてくる。すぐそこの看板がなければの話だけれど。

『カッパ沼　ＫＡＰＰＡ　ＮＵＭＡ』

看板の横には顔の部分だけくりぬいた等身大の河童が——って河童の等身大が子どもの背丈ぐらいだとすれば——描かれた記念撮影用のパネルも立っていた。

「あんがい俗っぽいところですねえ」

とりあえずビデオカメラを取り出して真矢は言った。布目の眉根は一センチほどせばまっている。

「まあ、とにかく一周してみよう」

人が歩ける小径《こみち》があるのは看板の立つあたりだけで、あとは木立が並ぶ斜面を這《は》い登ったり、這い下りたりのくり返し。ときおり突き当たる深い藪《やぶ》もなんのその布目は果敢に分け入っていく。

真矢は布目の背中に張りつくようにして歩いた。そうすれば、布目が笹や木の枝を全部払ってくれてラクだからだ。目の前にある布目の背中はあんがいに広い——わけでもなく、真矢のほうが肩幅がありそうだった。

ときどき立ち止まって水面にカメラを向ける。水は不透明で一面に水草が浮いていた。

沼を右まわりに半周したが、河童はもちろん人影すらない。遠くに水鳥がのどかに浮かんでいるだけだ。土地の人々の懸命な誘致活動は、それほど功を奏してはいないようだった。バッテリーがもったいなくなってきて、真矢はビデオカメラを停《と》めた。

四分の三周すると、岩場の手前、岸辺の境界があいまいな湿地帯に出た。葦《あし》かなにか、丈の高い草が沼の中にも生え、草地はどろどろのぬかるみ。布目はときおりしゃがみこんで、どろんこ遊びをするように枯れ枝で水の中をつついている。小さくまるめた背中が、あてがはずれていじけているように見えた。なんだかかわいそうになってきて、真矢は再びビデオカメラをオンにする。

その時だ。

かすかな葉擦れの音がした。

十メートルほど先、岸辺近くの葦の深い繁みが揺れている。

風はない。何かが動いているのだ。

布目が木の枝を放り捨てた。草藪をかき分けて近づく。下はぬかるみでしかも足音を忍ばせるためか、熱い砂浜を歩く時のようながに股走りだ。真矢もがに股になって後を追う。

ずるり。

葉擦れと同時に何かが這いずる音。それに続いて短く鈍い水音。

とぷん。

二人が走り寄った時には、水面には消えかかった波紋しかなかった。

「ああ、もう少しだったのに」

布目は本気で悔しがっている。どうせ水鳥だろうと思ったけれど、いちおう任務だ。真矢は消えゆく波紋にレンズを向ける。ところで水鳥ってこんなに長く潜り続けるものだっけ。

看板のところまで戻ると、人がいた。

ＯＬ風の二人連れが、河童の顔出しパネルに首をつっこんできゃうきゃうはしゃいでいる。真矢たちに気づくと、一人が舌足らずな声をあげた。

「すみませぇん、写真とってもらえますかぁ」

大きな胸を揺すって走り寄ってくる。手前にいた真矢が差しのべた手をスルーして、わざわざ布目の真ん前に立つ。なんだよ、おい。

布目にきらきら目を向けて、胸もろとも押しつけているのは、カメラじゃなくてスマホだ。インスタか。映《は》えんぞここでは。布目はスマホをホッカイロみたいに両手で握って、じっと見つめている。たぶんシャッターを探しているのだ。機械音痴だから私に撮影係をさせているくせに。馬っ鹿じゃないの。ほっぺた赤くして。

「やりましょうか、私」

おしゃれケースに入ったスマホをふんだくった。巨乳が布目に対してよりあきらかに半オクターブは低い声で言った。

「画面タッチだとブレちゃうから、脇にあるプラスマークのボタンを押してもらえます」

巨乳が白目を剝《む》いている瞬間を狙ってやろうかと思ったが、やめた。撮った直後にぜったい自分の映り具合を確かめるタイプだろうから。

「ありがとうございまぁす。お二人でご旅行ですかぁ。うらやましぃっ」

儀礼的なせりふの端に、かすかに本音が混じっている。どうかしてる。いったいどこがうらやましい。布目の容姿はなぜか、ごく少数の特殊な審美眼の女たちに受けがいいようだ。そう嘆く真矢は、じつは自分のほうがごく少数の特殊な審美眼の持ち主である可能性は、まったく考えていない。

「そちらの写真も撮りましょうかぁ」

布目が頰を染めて真矢を振り返る。

「せっかくだから、撮ってもらう？」

「遠慮しときます」


河童沼から登山口へ戻り、バスで辿《たど》ってきた方向とは逆に歩く。下り道だ。この土地の道は二択のようだ。下り道か登り道のどちらか。しばらく下っていくと、昔ながらの農家に木造の二階家をつぎたしたような建物が見えてきた。

手前に立つ工事現場の安全第一みたいな立て看板がなければ、ただの民家だと思っただろう。

『温泉民宿　長兵衛』

この看板にも、河童のイラストと『ようこそ　カッパの里へ』のスローガン。

「ここに泊まるんですか？」

駅を降りた時から過度に期待するのはやめていたが、そのわずかな期待以下だった。

「うん、ただ泊まるだけじゃなくて、取材も兼ねているんだよ。ここは、この辺りでは有数の旧家なんだ」

布目が宿のほうのアルミサッシの引き戸を開け、中へ声をかける。真矢はぼんやりと周囲を見まわした。

母屋ほどではないが、宿になっている木造二階建てもかなり老朽化している。煤《すす》けた壁のひび割れや壊れた雨樋《あまどい》からしたたり落ちている水滴を眺めているうち、ふいに、うなじの毛がちりりと逆立った。

真矢に第六感めいたものがあるとしたら、この感覚だけだ。大学一年の時、語学選択のクラスの男子にしつこくつきまとわれて磨かれた。

——誰かに見られている。

そろりと振り向いた。

背後は雑草が生え放題の裏庭だった。

日だまりに物干し台が置かれ、大量の洗濯物がはためいている。

干されたシーツの向こうにぼんやりとシルエットが浮かんでいる。真矢の目には人のかたちに見えた。

なんだ、なんでもないや、という表情をつくって目をそらしたのはフェイントで、三つかぞえてから、もう一度振り向く。シーツとシーツのすき間に、こっちを見つめている目があった。つり上がった小さな目だ。

最初は子どもだと思った。片方だけ見えているその目が真矢の目線よりずっと下にあったからだ。

風で洗濯物がひらめく。その拍子に顔全体が見えた。ひたいと口もとに深い皺《しわ》。穴しかないように見える小さくて低い鼻。薄くて大きな唇。前髪をおでこでぱっつんと切った幼児みたいな髪形。

「え？」

その顔がおじぎをするように前傾した。頭頂には髪がなかった。まるで皿を載せたように。

真矢は両手を口にあてる。指のすき間から絹を裂くような悲鳴が漏れた。

布目の声がした。

「どうしたの？　雄叫《おたけ》びなんかあげて」

「そんなものあげてません」

風は一瞬でシーツをもとに戻していた。人のかたちのシルエットも消えている。

なんだ、いまのは。浮かんできた漢字二文字、カタカナ三文字を、真矢はけんめいに頭の隅のゴミ容器に放り入れようとしたが、蓋が閉まってくれない。

「あのね……錯覚だと思うんですけど、私、いま……」

「ご主人は外に出てるそうだ。その辺にいるらしいんだけど」

聞いてよ、先生。

「変なものを……見ちゃったかも……そのぉ……」

意を決して、ゴミ容器から取り出した「河童」という言葉を口にしかけたその時、

「やあやあ、いらっしゃい」

母屋の角から、塩水でうがいをしているような声がした。

「ああ、どうも。布目です」

姿を現わしたのは、よく太った中年男だ。この宿の主人らしい。

「さぁさ、こっち来《こ》う。中入んなさい」

気さくというより尊大な宿の主人の言葉にうなずいてから、布目が真矢に声をかけてきた。

「そういえば、シンヤ君、何を見たって？」

「あの、いまさっき、あそこに……うわおおっ」

またもや真矢は絹を引き裂いてしまった。チェーンソーで。主人の丸い体の後ろから、さっきの顔が覗いていた。

「そこそこそこ」

布目が真矢の指さす方向に首を伸ばす。中年男がゆっくりと首を後ろにねじ曲げた。河童の顔と目を見合わせ、それから言った。

「なにやってんの、ヤマちゃん」

すごい。さすが河童の里。河童に名前までつけているのか。いやいや、違う。よく見るとその顔の持ち主は服を着ていた。

長袖のぶかぶかのシャツ、作業ズボンに長靴。でも、禿《は》げ方も顔だちも、子どものような小柄な体も、特殊メイクなしで河童になりきれそうな容姿だ。軍手をはめた手もなんだか水掻《みずか》きに見えるし。

「ヤマちゃん、だめだよ、こっちに入ってきちゃあ」

中年男が蠅《はえ》を追い払うように片手を振ると、小男は軽く会釈して頭の上のお皿を惜しげもなく披露してから建物の陰に消えた。

「しょうがねえなあ。旅館のほうには出てくるなって言ってあるのに」

中年男は布目と真矢に値踏みをする視線を走らせ、真矢が肩にかけたビデオカメラに目を向けて、にんまりと笑った。

「おたくら、どこの取材だったっけ？　テレビ？」

二人を部屋に案内しながら、民宿『長兵衛』の主人は、これまでにここを訪れたテレビ局や新聞社、雑誌社の名前をあげて指を折る。布目の訪問目的が個人的な研究のためというのが、不満のようだった。

今回、布目はちゃんと二部屋を用意していた。畳敷きの狭い部屋だが、真矢の部屋のほうがほんの少し広い。前回の取材旅行のことを気にしていたんだろうか。別にどうでもよかったのに。

「さっそくですが、例のものを見せていただけませんか」

「なんだっけ」中年男は惚《とぼ》けてみせるが、布目の言葉を待っていたのがみえみえの素早さで言葉を継いだ。「ああ、うちのお宝？　やっぱり見たい？　そうだよなぁ。じゃああとで母屋のほうに来てよ」

母屋の茶の間。主人の長兵衛――本名がわからないから、勝手に名前をつけた――は文机《ふづくえ》の前で腕組みをして二人を待っていた。

さっきまでの農業用の作業着を作務衣《さむえ》に着替えている。真矢たちが部屋に入ると、閉じていたまなこを半眼にして、机の前に視線を向けた。そこへ座れ、と言っているらしい。布目が座り、真矢は立ったままビデオカメラでとりあえず部屋の映像を押さえることにした。

「こほん」長兵衛が咳払《せきばら》いをする。

目高《メダカ》で床の間を捉え、少しずつ文机への斜俯瞰《しやふかん》にアングルを変えた。

長兵衛が半眼を真矢に向けて、痰《たん》を詰まらせた声をあげる。「ん、んんんっ」

ん？

「ん、んんん」

お前も座れ、と言いたいらしい。しかたなく座った。布目が正座をしているから、それにならう。長兵衛が鷹揚《おうよう》にうなずき、かたわらに置いた風呂敷包みを机の上に置いた。

「じゃあ、見てもらおうか」

布目の顔はこころなしか緊張している。真矢も息を詰めた。正座したままカメラを回し続け、紫色の風呂敷包みをクローズアップ。

包みから出てきたのは、革表紙のアルバムだ。長兵衛はおもむろに最初のページを開く。アルバム半ページ分はある大判の写真を指で叩いた。

「これ」

真矢はカメラを写真にめいっぱい寄せる。

写っているのは、さっきの河童沼だ。手前に立っているのは長兵衛と、もう一人。派手な服を着た若づくりの男だ。

「ほら、これ、ヨッちゃん。知ってるでしょ。なんとかっていう漫才コンビのあんまり喋《しゃべ》らないほう。去年テレビがお宝取材に来た時に、一緒に記念写真を撮ったんだよ」

よく見たら写真の隅に『長兵衛賛江』というサインが入っている。

「こっちはさ、山梨の新聞に載った記事。ほらほら、この写真の右のほう。これ、わたしね」

布目の肩が十センチぐらい落ちていた。真矢はすみやかにカメラの電源を切る。

「いやいや、もう大変だよ。ここもすっかり有名になっちまって。沼にはもう行っただかい。いた？　河童」

布目がため息をつくような声で答える。「いえ」

「だろうな。日が悪いもの。今日はだめ。天気悪いから。明日は出るよ。見るなら晴れの日だよ。この二年でもう五人、いや、十人は見てるもの。去年あたりから、急によく出るようになったんだよ。ちょうどカッパピアができたばかりだもんで、タイミングばっちりよ」

長兵衛の話では、カッパをキャラクターにした町おこし政策が町議会で可決されたのが二年前。彼はその推進委員会の副会長だそうだ。少しずつ観光客が増えはじめたとたん、目撃情報があいつぐようになったという。

「今まではあの沼や淵にゃ土地のもんも近づかんかったから。人の目が増えたから河童も隠れきれんちゅうわけだな。話をまとめんのはたいへんだったけど、先見《せんけん》の明《めい》があったっちゅうことだわね」

布目と真矢が自分の先見の明に感銘を受けていないとわかると、ぎょろ目をむいて、さらにまくし立てた。

「河童が出るのはいまに始まったこっちゃねえよ。あの沼には由緒があるだから。俺が子どもの頃は、あの沼から先には河童がおるから近寄っちゃなんねえって、年寄りから言われたもんだ。うちの祖父《じい》さんも親父も見とるよ、河童」

どうやら自分は見たことがないらしい。布目が身を乗り出した。

「この土地で、そうした昔の河童の目撃体験をいちばんお持ちなのはどなたでしょう。

紹介していただけませんか」

「そりゃあ、うちの親父だ。この家は沼にいちばん近いから」

「お父さまはどちらに？」

「そこ」長兵衛が背後の仏壇を指さした。

うちがテレビに出たときの録画見る？　そう言って立ち上がりかけた長兵衛を布目が押しとどめた。

「いえ、それより、そろそろ例のものを」

「見たい？　そうだよなぁ、見せてやらっか」

長兵衛が仏壇の前ににじり寄り、ちんちんと鈴《りん》を鳴らしてから、仏壇の下の引き出しを開けた。

取り出されたのは、大きな漆塗りの箱だ。長兵衛はそれをうやうやしく文机に置いて、大きく息を吐いた。

「さて」

真矢は再びカメラを構える。いつまで経っても蓋を取らない。開けろということなのか、と布目が伸ばした手を長兵衛が払いのけた。

「まあ、待ちんさい。御開帳の前にだ、これがなぁんでうちに残ってるか、そこを聞いてもらわにゃ、始まらねえずら」

布目が素直にあいづちを打っていた。

「あー、いまはこういう商売だけども、うちはもともと武士の家柄だもんで。信玄公の二十四将が一人、小山田長右衛門って知ってるだろ。え、知らないの？」

長兵衛の話は恐ろしく長かった。なんでもこの家の先祖は武田信玄の重臣だそうで、世が世なら、一泊六千円で泊まるなど罰当たりなのだそうだ。

「長右衛門が戦の傷を癒すために、ここへ湯治に来る途中だったそうな、渓流で小休止していると、はて面妖な。愛馬が川に引かれようとしているではないの。馬の尻尾をつかんでいるのはなんと、河童だ。そこでご先祖様の長右衛門は手にした大刀をばすらりと抜いて……ね、聞いてる？」

ようやく話が終わったと思ったら、白手袋を取り出して、嫌がらせかと思えるほど時間をかけて両手にはめ、布目にも手袋を渡した。すばやく手袋をはめた布目が腕を伸ばそうとすると、また振り払われた。

「まぁ、待ちんさい」

今度はビニールで包装されたマスクを持ち出してきて、二人にも手渡す。包装をゆつくり破りながら言う。

「開ける前にいくつか注意事項がある。ひとつ、けっして素手で触らないこと。ふたつ、息を吹きかけないこと。みっつ、お茶等《とう》をこぼさない――」

お茶出てないし。注意事項を五つ諳《そらん》じてから、ようやく箱の蓋に手をかける。真矢は息を殺してクローズアップした。

箱の中にあったのは――箱だった。古びた細長い桐の箱。手垢《てあか》で薄黒く変色している。

「うむ」

長兵衛がひと声唸《うな》って桐の箱に手をかける。クローズアップ。

桐の箱の中にあったのは――敷きつめた脱脂綿だった。長兵衛は精巧な細工物に触れる手つきで綿をかき分ける。

「うむ」

長兵衛が箱の中につっこんだ手を抜き取る。薄茶色の何かを握っていた。ズーム。

手の中のものは油紙の包みだった。油揚げ一枚ほどの大きさしかない。肩の力が抜け、ファインダーの中の映像が揺れた。長兵衛はいままで以上の慎重さで油紙を開いていく。

「うむ」

どうせまたあの中にも包みがあるに違いない。そう思って熱意なくファインダーを覗いていたら、いきなり出てきた。

なんだ、これ。

燻《いぶ》したような暗褐色の物体。長さ十五センチほど。枯れ枝？　魚の燻製《くんせい》？　いや、魚の燻製に爪など生えているわけがない。

手だ。

幼児のものぐらいの小ささだ。確かに五本の指があり、長い鉤爪《かぎづめ》が伸びている。指と指の間には水掻きがあった。

長兵衛は顎の下を二重にしてふんぞり返り、真矢と布目に広げた鼻の穴を見せる。

「河童の手だ」

白手袋が両手で捧げ持っているそれを真上から撮影した。全体を押さえてから、めいっぱいズームアップ。爪や水掻きのディテールショット。

真矢の知るかぎりのどんな生き物にも似ていない不思議な肉片だった。すっかりミイラ化して、なめし革のように鈍く光っている。

布目が眼鏡のブリッジを両手で押さえて顔を近づけ、うーんと唸った。それっきり、その「手」が出てくるまでと同じもったいぶった慎重さで漆箱に収まるまで、ひと言も言葉を発しなかった。

母屋から宿へ戻る途中の廊下でも、布目は黙りこんだままだった。真矢は自分が何を見たのか、まだよく理解できなかった。

人間のものでないことは確かだった。猿のミイラはあんな感じかもしれないが、猿には水掻きなんてついていない。

「先生、さっきのはいったい……」

絶滅した動物の化石？　未知の生物の一部？　それとも——それとも本当に——河童？　布目はあっさり答えた。

「カワウソの前脚だよ」

長兵衛の敷地から十メートルほど下った渓流沿いに露天風呂がある。周囲をトタンで囲っただけの岩風呂だが、宿の規模に比べると、かなり大きく、巨大な自然石がそこここにごろんと寝ころがっている様子は壮観だ。

真矢は湯に体をひたし、岩場に尻を預けて大きく背中をそらした。頭上にはいまにも降り落ちてきそうな満天の星。

う～ん、気持ちいい。やっと遠くへ旅に来た気分になった。河童なんてどうでもいいや。どうせ私は、ただのバイトだもん。帰ったら、スタミナ丼とジャンボ餃子が待っている。

布目の話では、河童の全身や手足のミイラと称するものは、日本全国の寺社や旧家に数多く残っていて、「いままでに十例以上を自分の目で確かめた」そうだ。どれもこれもイヌかサル、もしくはニホンカワウソのミイラだったそうな。中には複数の動物を繋《つな》ぎ合わせた細工物もあったという。

「過去の目撃情報でも、動物にかぎっていえば、河童と見間違えられるものの正体で、いちばん多いのがカワウソなんだ。いまは絶滅したとされているけれど、少し前までは日本中の川にふつうに生息していた動物だからね」

カワウソは他の哺乳類と違って頭頂が平たいのが特徴で、それが皿に見えたのではないかと布目は言う。前脚が発達していて人間の手のように器用に動くし、後ろ脚だけで立つこともできる。鳴き声も人間の赤ん坊にそっくりなんだそうだ。

そう聞かされても、やっぱり気味が悪い。さっきの「なにか」は、ほんとうに人間の子どもの手に水掻きがついているように見えたのだ。

ビーフジャーキーみたいな不気味な色つやが再び頭に浮かんできて、真矢は身震いした。両腕で胸をぎゅっとかき抱くと、Bカップの乳房でも谷間ができ、小さなお湯の池をつくった。

　ぽちゃ。

　どこかでかすかな水音がした。岩場の陰からだ——誰かいる。

　岩陰から湯気に霞《かす》んだ頭が現われた。こっちに近づいてくる。誰だかはすぐにわかった。この露天風呂は混浴で、今日ここに泊まっているのは、自分の他にはただ一人。布目だ。

　そういえばお風呂にくる途中、廊下ですれ違ったっけ。私がいることを知ってて入ってきたんだな。まじめくさったことばっかり言ってるくせに、むっつりスケべってやつだったか。どうせ「やぁ、偶然だね」なぁんてしらじらしいせりふを吐いて近寄ってくるに決まってる。

　ふっふっふ。私が「きゃあ、先生、やめてっ」などと恥ずかしがるとでも思うとるんかね。平然と「うぃっす」と挨拶をし、この乳の池を見せつけてやるまでだ。長風呂には自信があるから、布目がのぼせるまでつかり続けて、向こうがたまりかねて先にあがるのを待って、逆にあの男の貧弱な肉体をじっくり観察してやろうじゃないか。いや、貧弱でもないかな。河童沼までの山道を真矢より重そうな荷物を持ったまま平然と歩いていた。いやいや、あれは筋力ではなく、もののけに引き寄せられた魔力のなせるワザか――

まるで生首が流れてくるように、頭が近づいてきた。湯気の中で、脱衣場の明かりを照らして頭のてっぺんが光っているのが見えた。

「わっ」

思わず身をよじった。迎え撃つために全力でつくり続けていた乳房の池からお湯が全部こぼれてしまった。布目じゃない。

さっきの男だ。長兵衛が「山の中に住んでるからヤマちゃん。本名は知らね。ときどき畑仕事を手伝ってもらってるんだよ」と言っていた河童みたいな小男。むこうも真矢の存在に驚いているようだった。一重まぶたの細くてつり上がった目が、葉っぱのかたちになっていた。

体を首まで沈めて挨拶をした。ヤマちゃんも黙って頭を下げた。まる見えになった禿げ頭は、ほんとうに小皿みたいにつるつるだ。真矢と視線を合わせようとはせずに、出口に向かっていく。すれ違った瞬間、甲高いけどかすれた声で何か言った。

「ヒガシノイワバ」

「え？　なに？　なんですか」

聞き返したときには、泳ぐように歩いて、風呂の縁にたどりついていた。ヤマちゃんがするりと湯から出る。真矢は両目を皿にした。背中に甲羅がないかと思って。

脱衣場の照明が逆光になっていてシルエットしか見えなかったが、残念ながら普通の背中だった。顔だけ見ると老人といってもおかしくない感じなのに、小柄なその背中は驚くほど若々しくひきしまっている。股間からかいま見えるおいなりさんみたいなのをまじまじと眺めてしまってから、真矢はあわてて目をそらした。


「動物以外の見間違いってなんですか」

民宿の一階、真矢と布目は一般家庭の茶の間みたいな畳の部屋で夕食をとっている。遠野の時に比べると布目は言葉少なで、なんだかテンションも低い。だから、自分から聞いてみた。

「ほら、さっき『動物にかぎっていえば』って言ってたでしょ」

ほんとうはもっと言いたいことがあるような口ぶりだった。ビールを布目のグラスに注《つ》いでやると、一センチだけ減らしてから答えてきた。

「日本に布教に来た宣教師説っていうのがあるね。昔のカトリックの宣教師はトンスラ——つまり頭頂を剃髪《ていはつ》していただろ。フランシスコ・ザビエルみたいに。彼らの多くはポルトガル人で、身につけていた外衣はポルトガル語でCAPA《カパ》。そもそも雨具のカッパは、これが語源だ。『お前は誰だ』って日本人に身振りで尋ねられた時、着ている服のことだと思って『カッパ』と答えたんじゃないかって。話としては面白いけれど、川や沼でポルトガル人の宣教師が水泳をすることも、それを一般庶民が眺めることも、そうあったとは思えないし、そもそも河童伝承はヨーロッパから宣教師が来るずっと前からあったんだ。もう少し可能性が高いのは——」

「高いのは？」

布目は言いよどんで、ほうとう鍋のかぼちゃを口の中でころがした。真矢は自分のグラスを飲み干し、手酌で満たしてから、ちっとも減らなくてつまらない布目のグラスの前に、ビール瓶を突き出して、アルハラおやじみたいに顎をくいくいっと振った。真矢の顎に操られるようにビールを二センチ減らしてから、布目がようやく口を開く。

「水死体だね」

「は」

グラス一杯半しか飲んでいないのに、布目の顔はもう真っ赤だ。

「ほら、水死体って腐敗ガスが発生するし、皮膚と体内の間に水が入り込むから、膨張する。着ていたものも引き裂けて全裸になるぐらいに。頭部もふやけて頭頂から髪も抜け落ちるだろ。眼球も飛び出すし、皮膚の色も青緑色に変色するじゃないか。腐敗がさらに進むと、青緑から赤褐色へ最後は黒へ――」

ほらって、あなた、そんなこと知らないし。せっかくの風呂上がりのビールが腐敗ガスみたいなゲップになって喉へ逆流してきた。

「いまその話、必要ですか」

「だって、君が聞くから」

「食べ終わってからにしてください」

長兵衛の夕食は『河童押し』だった。山梨名物のほうとう鍋以外のメニューは、とろろご飯の上にキュウリの浅漬けと胡麻《ごま》と刻みのりが載った『かっぱめし』、鶏のモツとキュウリを炒めた『三ッ淵かっぱ沼ソテー』、キュウリの酢の物にしらすを散らした『かっぱ富士なます』。

すべてを片づけ、ただのオイキムチだった『韓流かっぱ漬け』をつまみに、焼酎に薄切りのキュウリが入った『かっぱ酒』をちびちび飲んだ。布目は緑茶でかっぱまんじゅうを食べている。真矢は顎の下で両手を叩き合わせてカチンコを鳴らす。

「はい、どうぞ」

「えーと、水死体の皮膚の色は青緑色から、赤褐色、そして黒へと変色して――」

「そこはいいです。もう聞きました」

「重要なとこなんだよ。河童はカエルみたいな緑色っていうイメージが定着したのは、江戸期になって、河童が広く世間に知られるようになってからだ。それまでに伝えられてきた肌の色は、緑ときまっていたわけじゃない。赤とも云《い》われるし、黒や白と云われることもある。水死体の時系列的な変色と同じなんだ」

「甲羅は?」

「浮かんだ水死体はうつぶせの状態で発見されることが多いんだ。当然、背中も膨張して、表皮が剝離して真皮が露出したりする。それが甲羅に見えたのかもしれない」

「体の大きさは? 河童は幼児みたいな体格って言われてるんでしょ。河の童《わらべ》って書くぐらいだし。ただでさえ膨張した体を『小さい』って見間違えるのはおかしくないですか」

これ以上、水死体の話を聞きたくなくて、真矢は反論を試みる。

「いい?」布目が手を伸ばして真矢のかっぱ酒のグラスをすくい取って、返事も聞かずにあおった。すぐにむせた。長兵衛がしきりに勧めてくるからサービスだと思ったら、一杯四百五十円だったから、五十円増しのロックにしたのだ。

さんざんむせてから布目が咳払いと同じ低い声で言う。

「それは、子どもだったからだ」

「え？　子どもの水死体限定？」虫が良すぎないか、その説。

「河童の体色や容貌の特徴は時代によって変化するんだけれど、確かに体格はいつの時代も、小さな子ども程度だと云われている。つまり、この水死体説の論拠は、河童は間引きされた子どもの死体じゃないかってことなんだ」

間引き。座敷わらしの時に聞いた言葉だ。曖昧には知っていて、はるか昔の、自分とは関係のないどこか遠くの出来事だと思っていた言葉。

「溺死させられたのか、殺されたあと川や沼に捨てられたのか、昔はそういう間引きした子どもを捨てる川や沼があちこちにあったんじゃないかな。里から離れたあまり人の来ない場所が。膨張しても幼児に見えるんだから、多くは赤ん坊だったかもしれない」

さっきの河童淵を思い出した。確かにふつうは人なんか来ない場所だ。

「たとえば間引いた子どもの水死体がたまたま見つかってしまう。あるいは里まで流れてきてしまう。事情を知らない子どもやよそ者に、土地の大人が『ああ、それは人間じゃなくてあやかしだよ』と言いわけをする。で、それが積み重なって河童の伝説をつくりあげていった――」

座敷わらしの時と似たような話だ。間引きは「はるか昔」のことなんかじゃない、僕らの祖父母が生まれた頃まであった。布目はそう言っていた。全国のいたるところで行われていたとも。「関係のないどこか遠く」じゃない。自分たちのすぐそこで、少し前まであった事なのだ。

「じゃあ、先生も、河童の正体は――」さっきの謎の手が嬰児《えいじ》か幼児の体の一部であることを期待していたんだろうか。布目はグラス一杯半のビールとひと口のかっぱ酒にすっかり酔って、目が両生類みたいな半開きになっていた。早く答えを聞かないと寝入ってしまいそうだ。「間引きされた子どもの水死体だと？」

「いや、そういう説も……あるっていう……だけさ」

寝た。

民俗学って、歴史の勝者の自慢話みたいな由緒ある文献とは別のルートで、昔、この国で何が行われてきたのかを探る手立てなのかもしれない。黄金の草鞋にも必ず裏がある。

三

翌朝、真矢と布目は七時に『長兵衛』を出て、河童沼に向かった。

日射しは早くも強いけれど、登山道に吹く風は少し肌寒い。秋が近いのだ。真矢は前を行く布目に声をかける。

「先生、今日はどうするんですか」

真矢を振り返った布目の表情はいつになく厳しく、足どりにも力がこもっている。

「ああ、今日はちょっとハードになるかもしれないよ」

答えになってないよ。説明が足りないのはいつものことだけれど、朝からずっといつにも増して口が重い。つっこんで聞けばいいだけの話なのだが、正直なところ、真矢も聞きたくはなかった。

どうせ丸一日カメラをどこかに据えてずうぅっと水面を見続けることになるんだと思う。終日河童沼だとは聞いていたから、５００ccのペットボトルを二本用意してきた。ミネラルウォーターのほうを手にしかけて、やめた。トイレ、どうしよう。確かどこにもなかったはずだ。

布目は河童淵は素通りにして、急勾配の道をがしがし進んでいく。今日もぱんぱんに膨らんだスポーツバッグを斜めがけにしている。右肩には真矢の三脚ケース。左肩にはあいかわらず謎の細長い布袋。まさか木刀じゃないよね。河童との格闘に備えた。

八時前に到着した。朝の河童沼は対岸を見通せないほど霧が濃い。立ち枯れた木が水面から卒塔婆《そとば》のように突き立っている風景は、全国にあったかもしれない間引きの場所の話を聞いてしまったせいか、昨日にもまして禍々《まがまが》しく見えた。

布目はしばらく岸辺を徘徊《はいかい》してから荷物を下ろした。

「ここにしよう」

真矢はケースから三脚を取り出す。

「どこを撮りましょうか」

自分の荷物にかがみこんでいた布目が答えてくる。

「あ、とりあえず撮影はいいよ」

布目が手にしたのは謎の細長い布袋だった。袋の口を縛っていた紐《ひも》を解きはじめる。何が出てくるのかと思ったら、細長い棒を二本取り出した。スキーのストックみたいなもの。

それを布目が片手でくりくりすると、指示棒みたいにするりと長く伸びた。もう一度、くりくり。するり。くりくりくり。するり。見るまに三メートル近い長さになった。

真矢は声をあげる。ふだんより半オクターブキーが上がってしまった。

「本気？」

「うん。待ってて、いまリールをつけるから」

釣り竿《つざお》だ。それも本格的な。釣りにはくわしくないけれど、糸が太く、釣り針もやけに大きいことが素人目にもわかる。

いつのまに用意していたのか、ビニール袋に入ったタニシを取り出した。朝の味噌汁の具に入っていたやつだ。それのまだ生きてるのを釣り針につける。

「さあ、やろう」

「私はいいです」

「さ、ささ」

二人並んで釣り糸を垂れる。羊みたいな雲が浮かんだ空でトンビが輪を描き、のどかに鳴いていた。

ぴーひょろろろ。

どのくらいそうしていただろう。空の右手にあった雲が左へ流れて見えなくなるぐらいの時間だ。

「ねえ、先生」

「ん?」

「こんなこと考えるときって、ありません」

「どんなこと?」

「ひょっとしたら自分がとんでもない勘違いをしている大馬鹿で、いまやってることのすべてが空まわりしているんじゃないかって」

釣り糸を引き上げて、殻だけになってしまったタニシを新品に取り替えながら布目がうなずく。

「あ、あるある。よく思うよ。僕の場合しょっちゅう」

「回し車のハムスターみたいに」

「そうそう、それ」

真矢はため息をついて、釣り竿を太ももに挟む。鮭《さけ》釣り用だという竿の重さは持ちはじめた時の倍ぐらいになっていた。

「いつまでやるんです、これ」

ビニール袋の中をかたつむりみたいに這いまわっているタニシに顔をしかめた真矢の釣り針の餌《えさ》も取り替えながら布目が答える。

「とりあえず昼まで」

ぴーひょろろろ。

陽《ひ》が頭上高く昇った頃になってようやく布目が首をかしげはじめた。

「だめだね……」

あたり前でしょうに。霧はすっかり晴れていて、対岸の原生林と山峰の濃緑が目にまぶしい。気温もあがってきた。日焼け止め塗ってくればよかった。ようやくあきらめたらしい布目が釣り針をあげる。そうだよ、こんなことしたって無駄だから、さっさとどこかへ行こう。地元の旧家でヒアリングするって言ってなかったっけ、それやろう。長兵衛以外で。エアコン効いてるとこで。布目が言った。

「エサを変えてみよう」

別のビニール袋を取り出す。キュウリかと思ったら、バナナだった。皮ごとぶつ切りにしたやつを釣り針につけはじめる。とほほ。

真剣な表情で釣り糸の先を凝視する布目の横顔を眺めながら真矢は思った。遠野でちょっといいところを見せられて、買いかぶりすぎていた。やっぱり、この人は、まぎれもない馬鹿だ。

河童って本当にいるのかもしれない。布目と一緒だと何が起きるかわからないから。

一瞬でもそう思ってしまった自分も馬鹿だ。バイト代を何に使うか、それだけを考えることにした。昇龍軒のスタミナ丼を思い浮かべながら、陽光を照り返してきらきら光る水面を眺めていると、布目が尋ねてきた。

「ところで、シンヤ君、泳げる？」

「だめなんですよ、私。平泳ぎで五メートルが限界」

ほんとうは十メートルぐらいはなんとかいけるけど、そう言った。布目のセリフの意味に途中で気づいたからだ。

「そうか……」

河童釣りがだめなら、沼の中に入るつもりなのだ。大きなスポーツバッグの中身がわかった気がした。布目が残念そうに言う。

「いちおう二人分用意してきたんだけど」

真矢のぶんの用意っていうのはなんだろう。ハイレグのビキニでもチョイスしたのか。それともロリコンっぽくスクール水着か。私のサイズを知っての所業か？　こう見えて私は9号だぞ。でこぼこが少ないから。

暑い。頭上から降り注ぐ終わらない夏の光は強烈だ。河童だったらお皿が乾いてしまうだろう。真矢は頭の中の昇龍軒のメニューにジョッキの生ビールを追加した。

「先生、少しはずしてもいいですか？」

「どうしたの？」

「ちょっと……そのへんで……」おしっこしたい。

ビールのことなんか思い浮かべたせいだ。見た目はグロいけど、ツボ汁という名のタニシの味噌汁は、サザエかエスカルゴを味噌仕立てのスープにしたようなおいしさで、ついおかわりしてしまったのもいま頃になって効いてきた。

「お花でも摘んでこようかと」

「花なんか咲いてたっけ」

「咲かせてみせます」

どこでしょう。あいかわらず沼の畔には人影がまるでない。とはいえ布目の目がある。草むらはどこも丈が高く、さすがの真矢でもしゃがめばすっぽり姿が隠れるだろうけど、虫とかがいそうで、やだ。

となると岩場の陰か……

ふいに昨日のヤマちゃんの言葉を思い出した。あの時は、「お先に失礼」とか「おっぱいきれいだね」とか方言で言ったのだと思ったが、「なんとかのイワバ」って言ってたような気がする。何の岩場だっけ？　忘れちゃった。ああ、それどころじゃない。漏れるっ。

二人で釣りをしていた場所の五十メートルほど左手に、ごつごつした大岩が半島のように飛び出している場所がある。真矢はそこへ小走りし、ひときわ大きな岩の出っ張りの陰にしゃがみこんだ。

ふう。

間に合った。

放心しながら、お尻がもじもじしていた時には、冷静に見られなかった風景をぼんやりと眺める。

ここから見ると、沼はまた違った表情を見せる。正面の鬱蒼《うっそう》とした針葉樹林は薄く霧に包まれていて、手前には点々と頭を出した岩が飛び石みたいに続いている。水が濁っていて底が見通せないのは同じだけれど、高原の風が水面《みなも》にちりめん皺の模様を描き出し、さざ波が飛び石の岩を洗っている。

ああ、平和だ。バイト探しに目をつり上げていた自分が、別の世界の住人に思える。これでお金を貰《もら》えるのだから、贅沢《ぜいたく》は言えない。もう少し布目の大馬鹿勘違い調査につきあってやろう。空まわりだってなんだって、一歩も動かないよりはましだ。動けば、きっと何かも動く。何を言ってるんだろう、私。誰の話だ。

風が吹くたびに水面が騒ぎ、飛び石の岩々が揺らめいて、いまにも泳ぎだしそうに見えた。


？


泳ぎだしそう、じゃなくて、泳いでいる！

もう一度目をこらした。

手前から二番目の丸くて平たい岩だ。ゆっくりとだが確かに動いている。

「先生！」

岩場から顔を出して布目を呼んだ。自分がジーパンを下ろしたままだったことに気づいてあわてて引き上げた。

「いた、いた、ここ、ここっ」

布目がスポーツバッグを抱えて走ってきた。真矢は水面に目を戻す。謎の物体はいつのまにか消えていた。

「いま、いまいまいま、そこ、あそこ、何か、いた。ほら」

ぬっ。また出た。

布目の眼鏡の奥の目がすいっと細くなり、真矢がおしっこしたとこにスポーツバッグを置き、中を探りはじめた。

引っ張りだしたのは、黒いウエットスーツだ。サーフィン用だかダイビング用の。最初に手にとったのが長袖長ズボン型のスーツだとわかるとそれを放り出し、さらに奥をかき回す。出てきたのは半袖タイプ。それを足もとに置くと、いきなり服を脱ぎはじめた。

真矢がそばにいることなどまるで眼中になく、ブリーフ一枚になる。体にフィットした半ズボンタイプ。目は真矢が指さした先しか見ていない。

「あそこ、まだいます」と言いながら、真矢は布目を二度見した。片足になぜかコンビニのレジ袋をかぶせて、その上からウエットスーツの裾に足首を通す。そうすると着にくそうなゴム製のスーツがするりとふくらはぎまで引き上がった。もう片方の足にもレジ袋を履いて、するり。

え？　慣れてる。スーツはどっちもかなり使い古した感じだった。そして布目の体は白くて細いけれど六個の腹筋がバキバキ浮いていた。胸板は寄せれば乳の池ができそうだった。長袖タイプは真矢に用意したものなんだろうけれど、たぶん真矢でも着たらぶかぶかだ。

布目が眼鏡をはずす。置き場所を探して迷っているその手の先に、真矢は両手を差し出した。

「ありがと。カメラを頼む」

「はいっ」たぶんいままででいちばんいい返事をしただろう。

動く岩は、岩場の左手、大きな倒木が流された橋みたいに水中に横たわっているあたりに移動している。

どぶ。布目が飛び込む水音を聞いてから、あわててカメラを取りに走った。

ビデオカメラを抱えて岩場に戻ったら、動く岩が消えていた。布目もずっと潜ったままだ。もう二分近く経つ。もしかして溺れて水底に沈んじゃったんじゃないかと不安がよぎりはじめた時、いきなり水の中から飛び出てきた。

ぺったり髪を張りつかせたその頭は、頭頂が光を照り返していて、まるでお皿を載せたようだったが、ちゃんと布目の声で叫んでいた。

「見えないっ」

それはそうだ。布目はひどい近眼だし、沼の水はツボ汁のように濁っている。

「左です。左のほうに消えました」

真矢は大きな岩の上に立ち、カメラと一緒に持ってきた釣り竿を振って、岸からめいっぱい遠ざかる距離まで針を投げた。倒木から太い枝が伸び、木の葉や小さな流木や水草が流れ着いてからみ合って水がいっそう淀《よど》んでいる、何が潜んでいてもおかしくない場所だ。水には入れないけれど、自分も手伝いたかったのだ。バナナでおびき寄せられるのかどうかはわからないが、ここには、確かに、何かがいる。

狙った場所までは届かなかったが、すぐ手前には針を落とせた。

釣り竿を岩のすき間に挿しこんで固定し、カメラを構えて釣り糸が消えた先にレンズを向けた。撮影というより、ズームアップして、肉眼よりしっかり見張りをするためだ。

ほんの少しずつカメラを動かして、視点を移動させていく。倒木の下。流木のすき間。木の葉が吹きだまった一帯。木の葉のすき間から、何かがこっちを見ていた。

小さな泡のような二つの目。

「いたっ」

倒木の向こうから布目の声が聞こえた。

「どこ」

「こっち。反対側」

布目が体を直角に折り曲げて水に潜るのが見えた。ものの数秒で倒木の下をくぐり抜け、再び頭を出す。だが距離はまだ遠い。

「そこですっ、そこっ」

ファインダーから顔を離して位置を差し示す。そのとたん、釣り糸がぐんと引っ張られた。たわんでいた糸が一直線に伸び、竿が大きくしなる。あわてでカメラを置き、両手で釣り竿を握った。

鮭釣り用の太い糸が張りつめ、凄い勢いで引っぱられていた。両足を踏ん張ったが、足もとは水苔《みずごけ》でぬめっている。左足を乾いた場所に置き換えようとしたのがいけなかった。

片足立ちになったとたん、竿が水に戻ろうとする生き物みたいに岩を離れ、水面にむかって飛び出した。真矢の体もふわりと宙に浮く。

水音がした。自分が水の中に落ちる音だった。

水音はすぐに耳をくすぐる泡の音に変わった。

「シンヤ君！」

水の壁の向こうから布目の声が聞こえた。やけに遠く感じた。目が開けられないから、どこにいるのかもわからない。

口は固く閉じているが、突き刺すように水が鼻に入りこんできた。

落ち着け落ち着け。溺れるような深さのわけがない。背が立つはずだ。両手をついて身を起こそうとしたが、体が動かなかった。

岩のどこかに服が引っかかっているのだ。めちゃくちゃに手足を動かした。自分の体が上を向いているのか下を向いているのかもわからなくなった。頭の中に心臓の鼓動が鳴り響く。落ちてまだ十数秒しか経っていないはずなのに、息が出来ないと思っただけで、胸が苦しくなってきた。

何かに指先が触れた。思い切って目を開ける。釣り竿だった。それにしがみつく。服が裂けてもいいから立ち上がろうとした時、濁り水の向こうにぼんやりと丸い影が見えた。

顔だ。布目が助けに来てくれたのだと思った。それがほんの数十センチの距離に近づくまでは。

布目のはずがなかった。髪の毛が一本も生えていない顔だった。

小さな丸い眼。

二つの穴にしか見えない鼻。

大きな裂け目のような口はまるで肉色の洞窟だ。

悲鳴をあげたが、泡が出ただけだった。

大口を開けた頭がこちらに伸びてきた。真矢を狙って突き出されたとしか思えなかった。もう目を開けてはいられなかった。

左腕に衝撃。噛《か》みつかれたと思った。ぐいっと上に引っぱられる。いや、違う。真矢の二の腕を摑んでいるのは、人の指の感触だ。今度こそ布目だった。岩に引っかかったTシャツが一瞬だけ抵抗したが、生地が裂けるかすかな音がしたかと思うと、真矢の体はあっさり水に浮かんだ。

おえっ。情けない声をあげて水から顔を出す。あきれるほど近くに岩場があった。水深は胸までしかなかった。げっげっげっとえずきながら岩にしがみつく。さっきの何者かの洞窟みたいな口を思い出して、両足を水面から上げ、「出」っていう字みたいな形で岩肌に抱きついた。

布目はとっくに岸に上がっていて、岩場の向こうに消えている。真矢が胸まで岩に体を押し上げた時、再び姿を現わした。片方の肩に輪になったロープをかけていた。今度は何をするつもり？　ロープで引っぱり上げてくれるのか。いや、私ならだいじょうぶ。自力でちゃんと――そうじゃなかった。

布目はロープとともに再び沼の中に飛び込んだ。

岩の上に登りきり、振り返ると、岸から数メートル先の水面が激しく泡立っていた。さっきの得体の知れない何者かと布目が水の中で争っているのだ。ど、どうしよう。

空手の黒帯は水中では何の役にも立たない。陸から手助けできるとしたら、何？　手近な石を拾った。布目が助けを求めてきたら、これを投げる。布目に当てないように。男兄弟がいないからキャッチボールは苦手だ。布目に当てないように。そう思えば思うほど、当たっちゃう気がする。

水面から黒くて丸い何かが浮かび上がった。甲羅かっ、と腕を振り上げてから、それが布目のウエットスーツの背中だと気づいた。

続いて布目の顔が飛び出した。潮を吹くように水を吐き出して叫ぶ。

「ひっぱってくれ」

端を拳大に結んだロープを投げてくる。岩場まで届かず水の上に浮かんだ。わけがわからなかったが、おずおずと水の中に入ってロープを摑む。岩場の真下は水底が落ちこんでいるが、すぐ左手が浅瀬になっていることに気づいた。ほんの数歩で太ももまでの深さになった。そこでロープを引く。

ロープがぴんと張りつめると、全身が引き戻されそうになった。布目が水中のあの何かにロープをかけたのだ。

凄い力だった。びくり。びくり。ロープを握る手に何かがのたうち、暴れ狂う感触が伝わってくる。

布目が沼から上がってきた。あれは何？　聞きたかったが、そんな余裕はなかった。少しでも力をゆるめれば、綱引きに負けてこっちが沼に引きずりこまれてしまいそうだ。

真矢の前に立った布目もロープを握る。ようやくこちらが優勢になった。膝上だった水がふくらはぎのあたりになる。

ぴちゃ。

ぴちゃ、ばしゃ。

五メートルほど先で水しぶきがあがっている。

濁った水の中で、小さな目がこっちを睨《にら》んでいた。瘤《こぶ》のように飛び出した眼窩《がんか》の中の泡沫《ほうまつ》のような表情のない目。

こっちの水深はくるぶしぐらいになる。水面からそれの頭部が見え隠れしはじめた。赤ん坊大の頭に、老人の皮膚を剝がして張りつけたような灰色の顔だ。

「……せん……せい……あれ……なに……」

「……いま……わか……るよ」

乾いた土を踏みしめられるところまでロープを引きずり出した。

ずぼっ。

鈍い水音とともに急にロープから伝わってくる力がゆるみ、それが全身を現わした。水から出てしまうと、観念したように引かれるままになった。真矢は目を見張った。

それは、見たこともない醜い奇妙な姿をしていた。泥を掻《か》きむしるように短い手足を動かしている。背中には甲羅があった。戦国武将の甲冑《かっちゅう》のようだった。落ち武者の水死体が蘇《よみがえ》ったと言われても驚かなかっただろう。大きい。甲羅だけで四十センチ以上はありそうだ。

「……なんですか、これ」

布目が真矢を振り返る。眼鏡のない布目の目は子鹿のように大きくて睫毛《まつげ》が長い。その黒目がちの目を子どもみたいに得意気にきゅるんとまわして言った。

「カミツキガメさ」

四

日が西に傾きはじめた頃、二人はようやく帰りのバスを待つ停留所に立った。

あれから大変だった。駐在所から警察官が駆けつけ、保健所の職員や地元の猟友会の会員までやってきた。檻《おり》に入れ、とりあえず最寄りの人家である長兵衛まで運んだ。

こんな山奥のどこにこれだけの人数がと思うほどのやじ馬が集まり、地元の新聞社の記者が取材に訪れた。

おじいちゃんみたいな警察官の話では、去年の春、ここから少し離れたテーマパークの水族館で大亀が盗まれた事件があったそうだ。このカメはそのときのもので、犯人が扱いきれなくなって沼に放したのではないかと言う。

道のむこうの稜線《りょうせん》が西からの陽を受けて金色に輝いている。隣に立つ布目のぼさぼさ髪の輪郭も黄金色に光っていた。

「先生、最初からわかってたんですか」

「うん、投稿された写真を見たかぎりでは、たぶんカメだろうなって思った。日本にはいないタイプの大型種だろうって。種類までは特定できなかったから、いろいろエサを変えてみたんだ。カメには草食種も肉食種もいる。雑食の場合も多いからね」

「言ってくれればよかったのに」

夕景を見つめる布目がまぶしそうに目を細めて、ぼそりと言った。

「君が嫌がるかと思ったから。両生類や爬虫類が嫌いだって言ってただろ。だから言わないでおこうと思ったんだ。本当は写真も見せたくなかった。帰るって言い出すんじゃないかと思って。君に帰って欲しくなかったから……」

「先生、機械音痴ですものね。一人じゃバッテリー交換もできないし……」

なぜか知らないうちに声が優しくなった。

「いや、そういう意味じゃなく」

布目は少し口ごもってから、ためこんでいた言葉を吐き出すように言う。

「君が必要だから……うまく言えないけれど……君は特別なんだ」

とくん。胸が小さくうずいた。

真矢は思い出していた。溺れかけた自分を抱きとめてくれた布目の力強い腕を。六つに割れた腹筋を。ロング丈のブリーフのもっこりを。真矢は両足を心持ちXにして、あまり背丈の変わらない布目を見上げた。眼鏡が西日を反射していて、どんな表情をしているのかわからない。布目がぼりぼりと頭を掻いて言葉を続ける。

「君と一緒だと、うまくいくような気がするんだ……僕の妖怪研究が。なんというか、君にはもののけを呼び寄せる特別な磁力があるような気がする」

0・1秒で目をそらした。

山あいのつづら折りの道を、夕日に窓を光らせてバスが登ってくるのが見えた。

「ま、でも、結局、河童なんていないってことですよね」

真矢が突き放すように言うと、布目は眼鏡の中に指をつっこんで両目を揉《も》んだ。

「うーん、新しい可能性をここでは期待していたんだけど」

「新しい可能性？」

そう言えば行きの電車の中でもそんなことを言っていたっけ。正体がカミツキガメだとわかって一件落着だと真矢は思っていたのだが、布目はもう少しここにとどまって調査を続けたかったらしい。断念したのは、長兵衛や近隣の人々が布目と真矢にとたんに冷淡になって、何を聞いても「知らねえ」「話したくない」としか答えなくなったからだ。客もいないのに長兵衛には二泊目を拒否された。

「うん、何かの見間違えなんかじゃなくて、本当に河童が存在するかもしれない可能性」

「まだそんなこと。先生、案外しつこい性格ですね。さそり座？」

「ああいう」そう言って布目は停留所の表示板にも描かれたカッパのイラストに目を走らせる。「ステロタイプのものじゃなくて、もっと違う存在として、カッパは実在していたんじゃないかって、僕は思うんだ」

さそり座でへび年でA型かも。もうバスがそこまで来ているというのに布目は喋り続けた。

「前にも言ったように、過去の河童伝承や目撃譚の多くは動物がその正体だ。今回のことを考えると、在来種の大型の亀、スッポンも加えたほうが良さそうだね。スッポンはめったに陸上には姿を見せないし、大きな個体だと、さっきのカミツキガメぐらいの甲長にまで育つからね」

「バス来ましたよ」

「実際、昔の日本では、キツネやタヌキみたいに、スッポンも人を化かしたり祟《たた》ったりする妖怪と見なされていたんだ。嚙みついたら離さない性質も、水の中に引きこまれるっていう伝承と合致する。危険な生き物だから、子どもにスッポンの棲《す》む沼に近寄るなっていう戒めの言い伝えに尾ひれがついて、河童伝承になったとも考えられる。間引きした子どもの水死体への禁忌《きんき》と同じように……」

「もしもーし、バス、来ました」

バスが停まり、ドアが開いた。乗客は真矢たちだけだ。

「じゃあ、布目説は『河童はスッポンだった』と。以上。よろしいですか」

「いや、スッポンの話はあくまでも動物誤認説のひとつにすぎない。僕の仮説は違うんだ」

「え」まだ続きがあるの？

「そもそも誤認したということは、もともと見間違える何者かが存在するからだよね。カワウソの頭を見て『ああ、あれは頭に皿を載せた妖怪だ』とか、スッポンの甲羅を見て『あれは立って歩く化け物であろう』とはいきなり思わないだろ。『河童みたいだ』『河童を見てしまった』。それ以前にすでに、人々が信じる河童に近いものが存在していた、と考えるほうが自然だ。間引きされた子どもの水死体説も、河童伝承の一部に組みこまれた可能性はありそうだけど、本筋とは言いがたい。なにしろ死体はまったく動かないわけだから」

バスも動かない。待っても誰も乗ってこない気がするのだけど、発車時刻まであと数分あるからだ。おかげで布目の講釈の続きを聞き続けることになった。

「河童伝承のひとつにこんなものがある……河童は冬は山にこもり、夏は川に下りてくる。日本人は農耕民族で昔から誰もが集落に所属していた……そう考えられがちだけど、中には定住地を持たずに山間を移動して暮らす人々も存在していた。いわゆる漂泊民《サンカ》と呼ばれる人たちだ。つまり、そういう山の民を、里の人が恐れ、忌避し、河童のモデルにしていった。僕はそんな可能性を考えている」

「えーと、つまり」

「ここからはあくまでも僕の推測なんだけど、山の民の中には、川での生活に適応して、習俗も特化していった人々がいたんじゃないかって考えているんだ。漂泊民の生活の手立てのひとつはもともと『川漁』だし。山奥の渓流で暮らし、泳ぎや魚獲りの特殊な技術を持つ、それこそ河童族と名づけたいような人たちが」

「そういう人たちが進化して、水搔きや甲羅が生えてきたとか？」

言わなきゃよかった。布目がいい質問だとばかりに、真矢の顔の前に片手を広げた。

「水泳のトップアスリートには指のあいだに水搔きがあるそうだよ。長い水中でのトレーニングに適応してそうなったのか、生まれつき水搔きが大きめの人がいいアスリートになれるのかはわからないけど。どちらにしても、昔の日本では、食料を得ることとイコール生きのびることだから、魚をたくさん獲れる水搔きの大きな人たちほど生き残り、子孫を残せたんじゃないかな」

そういえば、真矢にだって指のあいだに膜はある。金ヅチだからかほんの少しだけど。

「そういう人たちが、人間に似た違う生き物に見えた可能性はあると思う。昔の人は男女を問わず髪が長かっただろ。髪が長い人が水から上がったときの姿を想像してごらんよ」

想像してみた。みんな髪がぺったり頭皮に張りついてオカッパ頭になる。そもそもオカッパっていう言葉自体、語源は「御河童」か。「岡河童」かもしれない。

「日中なら濡れた髪が光って、それが皿のように見えたかもしれない」

さっき布目が水から顔を出したとき、確かに一瞬、頭にお皿を載せているように見えた。

「漂泊民は『竹細工、蓑《みの》づくり』に長《た》けていたそうだから、泳ぎやすくて、頭頂が日に焼けない、小さな特殊な笠《かさ》をかぶっていたかもしれない。それにさ、水から上がったときの人間の口って、たいていこうなるんだ」

布目が唇を尖《とが》らせてぱくりと口を開けてみせた。なるほど河童みたいだ。

「じゃあ、甲羅は？」

「シンヤ君、子どもの頃、川遊びをしたことはある？　素潜りしたり、魚を銛《もり》で突いたり」

首を振った。真矢の場合、そもそも泳げない。実家は内陸部だけれど、近くに泳げる川なんてなかった。川遊びなんて、もう昔話になりつつあるんじゃないだろうか。

布目はバスの後部座席で体を前かがみにした。

「川だとね、海と違って背中だけ日焼けするんだ。夏、水中眼鏡をつけて一日中こんなかっこうで魚を追っかけてると、すぐに真っ黒になる」

遠い記憶をたぐるように言う。そういえば、聞いたことがなかった。布目の出身地はどこなんだろう。

「つまり、日焼けした背中を甲羅だと思いこんだってこと?」

「まぁ、あくまでも想像だけどね。とにかく、そうした『河童族』ともいうべき人々が近世、いや、近代まで存在していたんじゃないか、僕はそう考えているんだ。いままでに訪れた河童伝承の地でも、漂泊民の人たちがかつて暮らしていたっていう記録や痕跡をいくつか見つけた。ここもそうした記録が残っている場所だからね、何か発見があると思っていたんだけど」

あんまり真剣な表情で布目が言うから、真矢は子どもをなだめる笑顔を投げかけた。

「でも、今回は結局カメだったわけだし。ま、いいじゃないですか。次があるさ」

二十五メートルぐらいは泳げるように練習しようかな。次の民俗調査の時には、どこの何に水の中へ引きずりこまれるかわかったもんじゃないから。なんてことを真矢が考えていると、バスがようやく動きはじめた。

「それも不思議なんだよ。あのカミツキガメが現われる前からこの土地には河童伝承が残っていたんだ。それなのに、あれじゃ自ら伝説を否定してしまったようなものだ」

新聞記者がカミツキガメの写真を撮りはじめた時の、長兵衛や町おこしのメンバーだという人々の不機嫌そうな顔を真矢は思い出した。布目が目を閉じて腕組みをする。

「誰がなんのためにカミツキガメを盗んで沼に放したんだろう。まるで河童の町おこしを目のかたきにして、騒動を終わらせようとしているみたいだ」

　下り道が最初のカーブを曲がり、長兵衛の宿と母屋が杉木立の向こうに消えると、布目はようやく口を閉ざした。少しのあいだ黙りこんでから、ぽつりと「次があるさ」と呟いた。

「そうですよ」

　真矢は布目に振り向く。寝言だった。

　バスが吊り橋にさしかかる。巨岩奇石が林立する中を清流が蛇行している風景に、またしても真矢は目を奪われた。夕日の届かない山の底は薄く闇が淀み、色を失いかけていて、モノクロームの映像を見ているかのようだ。

　めったに人目には触れない貴重な風景だ。たぶんこれからも。つい最近、一日に三本だったバスが五本に増えた、と長兵衛は喜んでいたけれど、また三本に戻る日も近い気がする。

　ん？

　ひときわ大きな岩の陰の、ひっそりとした岸辺に誰かいた。

　ヤマちゃんと呼ばれる男だった。丸裸だ。

口になにかくわえている。魚？

男はバスの姿に驚いたのか、一瞬だけ振り向いたかと思うと、まるで水棲《すいせい》動物のような素早さで渓流に飛び込んだ。

真矢は確かに見た。

その背中が甲羅のように真っ黒であるのを。

天狗の来た道

一

学食のメニューから冷やしたぬきが消えた。夏が終わってしまったのだ。食券販売機の前で真矢《まや》は季節の移ろいの無常を知る。

今年は八月が過ぎてもずうっと、おてんとさまってじつは馬鹿なんじゃないかと思うぐらい季節を忘れた暑さが続いたから、すっかり油断していた。カレンダーではとっくに九月、どころか来週は十月だ。

十月を思うだけで食欲が失《う》せる。十月の末には大学院の入試があるのだ。知らなかった。面接だけで通る甘いものじゃなかったのだ。試験には専門科目二科目に英語まである。真矢はもう一生縁がないと思っていた受験勉強を始めていた。

トレイを手に、だだっ広い中に狭苦しく縦長テーブルが並んだ養鶏所みたいな学食を見渡したが、知っている顔はいない。

あたり前か。同じ四年生はもう就職が決まったコも、内定をもらえてないヤツも、学校に用はない。映画研究会の一年生グループは見かけたが、サークルを引退した真矢にとっては他人だ。

天かすがタダで入れ放題のかけそば180円をすすっていると、空いていた正面の席に、海老《えび》の尻尾が大きくはみ出た天丼のトレイが置かれた。大盛りだから550円。「格差」という言葉を真矢は小海老のかけらが混じった天かすとともに噛《か》みしめる。

大盛り天丼が何か言った。

「シンヤ君」と聞こえた。録音テープがゆるんだような低音。顔をあげたら、海老天をくわえた布目《ぬのめ》がいた。

「いいところで会ったよ」

「なんでしょう」

ついつい尖《とが》った声になる。こっちは忙しいのだ。試験で忙しいうえに生活費と学費を稼ぐためにTSUTAYAでバイトもしている。天丼大盛りを食べられる身分じゃないのだ。布目の唇が再び開く前に、祈禱師《きとうし》が魔よけ棒を振るように箸を左右に振った。

「行きませんよ」

布目は分厚いレンズが小さく見せている、しじみ貝みたいな両目を悲しげに伏せた。

「海老の天ぷら一本あげるから、話だけでも聞いてくれないか」

安く見られたものだ。海老天ひとつで身を売る女だと思われてしまっているのか。確かに甲殻類は好きだが。困ったもんだ。以後気をつけよう。

真矢はご飯つぶがついた海老天をかけそばのつゆに浸しながら、布目に言葉の先を促す。

「で、どこなんですか」

わかっている。布目が真矢に何か用があるとしたら、もののけ関連の取材のことだけだ。こんな時にしか真矢に関心を示さない布目にも、じつはちょっと腹を立てていた。今度はなんだ？　一反もめんか？　目玉のおやじか？

「霧北《きりきた》」

地理にうとい真矢でも聞いたことがある地名だった。実家のある広島県の近くだからだ。広島のちょっと上のほう。島根だか鳥取だかの山陰の町。

「ふーん」

海老の尻尾の殻に残った身を歯でほじり取りながら、布目の言葉を右の耳から左の耳へとスルーさせた。暇がない。布目とのフィールドワークは、超常現象初心者で耐性のない真矢には毒気が強すぎる、というだけの理由じゃない。

実家が近いからだ。あっち方面には足を向けたくなかった。１００キロ圏内に近づいただけで、父親の洗濯機で石を洗うような声が聞こえてくる気がする。「夢、夢って、ほいで食っていけるのか？　夢をおかずに飯を食うのか、ワレは？」「帰ってきて農協に勤めろ。ワシが口きいてやる」「仕事しないなら、嫁に行け。孫の顔を見せろ」

なぜそうなる。まだ二十三だぞ。真矢が小さい頃には膝の上に抱いて「一生嫁にゃあ行かせん」なんて言ってたくせに。去年、姉ちゃんが結婚して初孫が生まれてから、オヤジはすっかり「ジージ」になっている。

「シンヤ君、確か広島だよね。わりと近いと思うよ」

「ぜぇんぜん近くないです」よその土地のヒトはすぐこれだ。中国地方をなんでもかんでも一緒にしないで欲しい。

「もしあれだったら、広島経由で行ってもいいから」

海老の尻尾をくわえたまま、真矢はぶんぶんと首を横に振る。

「僕もご両親にご挨拶したほうがいいかな」

「いいです」なんの挨拶だ。

確かに広島の内陸部にある真矢の実家からは山ひとつ越えた先だが、山陰に行くことはあまりない。行ったことがあるのは、出雲《いずも》大社と鳥取砂丘ぐらいだ。あとは名物のカニを食べに出かけたことがあるぐらい――

真矢の頭の中いっぱいに、かに道楽の看板みたいな巨大なカニが出現した。脚とハサミは殻がすでに剝《む》いてあり、カニ酢にひたされるのを待っている。おお、カニか。甲殻類の王者。甲殻類のナンバーワンだ。カニに比べたらいま食べてる海老天など、大きすぎる衣の心棒でしかない。はるか下のナンバーツー。ナンバースリーがなんなのかはわからないけれど。

「えーと、バイト代は？」

「あ、それはだいじょうぶ。ほら、僕の本、『逢魔《おうま》が時《とき》に会いましょう』が増刷されたんだ。千五百部だけど」

信じられない。誰が買うんだ？

「二、三日ならなんとかスケジュールを開けられるかもしれません」

「よかった」

布目の唇の両端がざぶた猫みたいにつり上がった。二つのしじみ貝が特殊な情熱に茹《ゆ》でられてぱかりと全開になっている。待て待て。ここは冷静になろう。真矢の頭の中のカニフォークでほじられるのを待っていたカニが八本の脚をうごめかせて逃げ出そうとしていた。

「あの、今度の取材対象は？」

ちゃんと確かめておかないと、どんな魔界に引きずり込まれるかわかったもんじゃない。腹ぺこ猫の勢いで食べ終わった布目が、空のどんぶりに手を合わせながら、天丼おかわりとでも言う調子で答えた。

「天狗」

「テングって……」真矢は指で筒をつくって鼻の先にあてがった。「天狗？」

布目が幼児のように屈託なくうなずく。五歳児をたしなめる口調で言ってしまった。

「さすがにいないでしょ」

「それを確かめに行くんだよ。来週。土曜からだ」

バイトのシフトを一回休ませてもらえば、たぶん火曜まではオーケーだ。

「朝が早いけどだいじょうぶ？　朝一番で出ないと間に合わないんだ。まず新幹線で岡山まで行って、それから在来線に乗って、ぎりぎりセーフかな」

何に間に合わないのか知らないけれど、そんな面倒なことしなくても。

「飛行機で行きましょうよ。びゅーんと。飛行機だったら考えてもいいです」

「あ……う、うん」

二

羽田空港の出発ロビーで待ち合わせをした布目は、体育会系の遠征用みたいな馬鹿でかい横長バッグを肩からさげて時計台の下で待っていた。河童の時よりバッグがさらに大きく見えるのは、気のせいではないだろう。まさか今回も捕獲を狙っているんじゃなかろうな。天狗の正体は動物園から逃げ出して野生化したテングザルだとかなんとか。

「むこうに着いたら何をするんですか」

いつもながら布目からはくわしい説明がない。取材の全容を事前に知られると、真矢が嫌がって、あるいは呆《あき》れて、同行を断られると思っているのかもしれない。

「え……あ……ああ」

うつむいたままバッグのサイドポケットを探って紙片を差し出してきた。

パソコンのプリントアウト紙だ。A4サイズの真ん中に天狗の顔。その周囲に何枚かの写真がレイアウトされている。下には地図。上には『霧北天狗まつり』という文字と日時が入っていた。日付けは今日。午後3時より。

「これを見に？」

布目が無言でうなずく。予想外にふつうだった。これだけで済むはずはないに決まってるけれど。

「明日は？」「終日、野外フィールドワークとしか聞いていない。

「あとで話すよ。無事に着いたら」

なんだか布目のテンションが低い。もともと元気ハツラツ、ファイトいっぱぁつ、夕日に向かって走ろうぜ、というタイプではないのだが、それにしても。眉の間に五百円玉が二枚ぐらいはさまりそうな顔をして、ロビーの床ばかり見つめている。真矢の顔を見ようともしない。

「どうしたの、先生。お腹痛い？」それともなにかに怒ってる？

「いや、別に」

怒っているとしたら、真矢にか。新幹線より割高な飛行機代を出費させたことに腹を立てているんだろう。なにしろ貧乏研究者だから。悪いことしちゃったな。もう何も聞かないことにして、カメラバッグを肩から下ろした。

映研の機材は持ち出せなかった。夏休みから戻ってきた現役部員たちからいい顔をされなかったからだ。学生映画祭・準グランプリを獲っている真矢に面と向かって

「ダメ」とは言わないけれど、目がそう言っていたから、やめておいた。ろくに使いもしないくせに。この学校の映研はただの批評、鑑賞、コンパがめあての半幽霊部員のほうが多くて、真矢たち「制作至上主義グループ」は少数派だった。

しかたなくデジカメは自前。三脚はなし。ムービーカメラは中古だけどセミプロな３ＣＣＤをベンさんから借りてきた。ベンさんは映研の先輩。ＯＢのたいていが一般企業に就職して、映画館もカメラも忘れて「キネマ旬報？　なんのことっすか？」って顔でサービス残業をしている中、映像の制作会社でアルバイトを続けている。髪が長かった『アルゴ』の時のベン・アフレックから髯《ひげ》を取り去ったようなルックスの男前な女性だ。

「大切なのは機材じゃない。撮る人間のパッションだよ」ベンさんもそう言っている。ベンさんはいま休職中で、最近は「ホームレスが地球を救う」というストーリーの三年越しの自主制作作品じゃなく、生まれたばかりの長女の育児記録を撮るほうに熱中しているようだけれど。

天狗のことはいちおう下調べをしてきた。取材カメラマンとしては、被写体の姿かたちやサイズ、習性を知り、あらかじめ使うレンズや露出補正を設定しておかねばならない。動物写真家がサバンナのライオンを狙うように。

天狗と聞いて真矢が思い浮かべるのは、居酒屋の看板か、民芸品売場なんかに置いてあるお面ぐらいだ。ピノキオみたいな長い鼻。赤い顔でぎょろ目。子どもの頃、アニメや絵本で見たことはあるが、威張ったジジイって感じのキャラクターだった、という記憶しかない。

天狗というのは、『日本書紀』にも名前が登場する、由緒正しいというか古くから語り伝えられてきた妖怪だそうだ。山伏の姿で高下駄を履き、羽団扇《はうちわ》を持ち、背中には翼があるという。なるほど、頭に載せているあの乃木坂46のヘッドドレスみたいな小さな帽子は山伏の装束だったのか。

天狗は大きく分けて二種類いる。「大《おお》天狗」と「小《こ》天狗」。大天狗は真矢のイメージどおりの赤ら顔の鼻高タイプ。通常の人間より体が大きい。髪と鬚《ひげ》が長く、白髪あるいは金髪である場合が多い。羽団扇で火を操り、風や雷を起こすことができる。

小天狗には、烏《からす》天狗と木の葉天狗がいて、どちらも鳥に似た姿をしている。烏天狗は聞いたことがある。異次元もののアニメかゲームでだろう。画像検索したら思ったとおり二次元キャラクターばかり出てきたが、それらをマイナス検索で除霊した昔ながらの絵画や彫像では、こんな姿だ。

肌の色が青黒く、高い鼻のかわりに顔の真ん中が鳥の嘴《くちばし》のように隆起している。

体は人間だが、背中に翼が生え、両手の指はしばしば猛禽類《もうきんるい》のような鉤爪《かぎづめ》で表現される。大天狗がラスボスだとしたら、烏天狗は下っぱ。ショッカー軍団みたいな位置づけのようだ。

万一、実在していたとしたら、どちらもあまり遭遇したくはないタイプだ。いや、いくら布目が魔界への水先案内人だとしても、実在する可能性はなさそうだ。布目は今回の取材で何を見つけようとしているのだろう。

出発時刻が近づいている。あと三十分しかない。

「先生、そろそろ搭乗手続きをしないと」

「ああ」

便秘に耐えているような顔がさらに険しくなって、下痢をこらえているふうに見えた。

「すいません。よけいな出費をさせてしまって。着いたらお昼ごはん、私が奢《おご》りますから」

カニ資金として現在の所持金三万六千二百十五円を全部持ってきている。前回同様、布目はバイト代を現金払いにしてくれるはずだから。

「あ、う、うん」

「写真もばっちり撮りますから。大天狗でも。烏天狗でも。私、天狗のこと、少し勉強してきたんですよ。天狗って空を飛ぶんですよね。びゅーんと」

ようやく真矢の顔に向けられた布目の目は泳いでいた。溺れた小犬みたいに。


飛行機に乗りこむなり、布目はCAにブランケットを頼んだ。

「僕は寝るよ」

なんてもったいない。窓際の席だった真矢は、窓に顔を張りつかせていた。飛行機に乗るのはひさしぶり。人生で通算四回目ぐらいで、羽田空港から旅立つのは初めてだった。上空から見た東京はどんなだろう。わくわくする。

「先生、動きはじめたよ」

「おやすみ」

布目はイヤホンをつけ、毛布を頭からかぶっている。大人《オットナ》だなぁ。二十代半ばぐらいにしか見えないが、布目が今年で三十四歳になることを、『逢魔が時に会いましょう』の著者プロフィールで知った。世間知らずの学究馬鹿に見えるけど、頻繁に取材に出かけているみたいだから、旅慣れているんだろう。

「離陸した。ひゃあ。東京湾だ。船があんなに小さい」

もそもそと毛布が動き、そっぽを向くのがわかった。

「ねえねえ、先生、ドリンクはなに頼みます？　もし寝てたら私がかわりに頼んでおきますよ。いつものホットコーヒー？　ブラックでいいんですよね」

布目が毛布から片手だけ出して左右に振った。

「いらない」

おお、大人《オットナッ》。ちょっと見直した。いや、待てよ。あらためて見直すと、毛布からのぞかせている布目の手は小刻みに震えていた。

「もしかして」

「着いたら起こしてくれ」

「先生」

「おやすみっ」

「飛行機が嫌い？」

毛布をすっぽりかぶった頭がこくりとうなずいた。

「……アルミニウム合金なのに、なぜ空を飛ぶのかがわからない」学者のくせに田舎のじいちゃんみたいなことを言う。声も心なし震えていた。「アルミニウム合金の比重は２・５から２・８。空気の比重は１・３なのに。おかしいだろ」

やっぱり三十四歳とは思えない。コーヒーじゃなくてパウダーミルクを頼んだほうがいいのか。

シートベルト着用のランプが消え、飲み物が配られはじめた。真矢は布目のぶんも頼んで、セットしたテーブルに置く。もそもそと毛布が動いているから眠ってはいないはずだ。ついでに胸のあたりをとんとん叩《たた》いてやった。だいじょうぶでちゅよぉ。

「飛行機の機内サービスでキャンディを配ることが多いのはなぜだか知ってるかい」

毛布の中の布目が唐突に喋《しゃべ》りだした。

「いえ。なぜですか」

慈母のようにほほえみながら真矢はとんとんを続ける。

「グレムリンが来るからだ」

「グレムリン? 映画の?」真夜中に与えた食事で、モグワイから変身しちゃうやつ? 毛布の頭のあたりが左右に揺れた。違う、と言いたいのか、イヤイヤをしているのか、どちらなのかはわからない。

「グレムリンは機械や道具に取りつくヨーロッパの伝説の小鬼だ。人間が飛行機を発明してしまったから、高い山に住むグレムリンたちが飛行機にも悪さをするようになったんだ」

はいはい。とんとん。だいじょうぶ。ママがついてまちゅから。

「アメリカの航空機製造会社には、製品の納入時にキャンディを一緒に納める習慣がある。甘いものが好きなグレムリンがキャンディに気をとられて悪さをしなくなるから。その習慣がいまも残っているんだ」

布目は『逢魔が時に会いましょう』の中でこう書いている。「妖怪の存在を肯定しているわけではない。存在するかしないかを検証してみたいだけ」だと。なぁんて言ってるのに、グレムリンの存在は検証抜きで信じこんでるみたいだ。ようするに飛行機が怖いってだけでしょうに。

「外国の都市伝説みたいなものじゃないですか」

「いや、日本兵の目撃証言もあるんだ。ビルマ上空で一式《いっしき》飛行戦隊が連合軍のニホークの編隊と遭遇した時のことだ。機銃をまだ一発も撃っていないのに、なぜかモホークが次々と墜落していく。ふと敵機の主翼を見ると、そこには翼を持つ、人とも獣ともつかぬ者たちが片膝立ちしていて、補助翼をもぎとろうとして――」

「少し寝たほうがよくありません」

「あ、うん。いまどのへん？」

「さっき富士山が見えました」

「……翼にグレムリンはいないかい？」

まるで五歳児だ。真矢は窓に顔を寄せた。後方に翼が見える。ふらふらと揺れている中型機の翼は確かによくよく見れば頼りないが、もちろん密航者すら座りこんではしない。雲より高い青空が広がっているだけだ。

「だいじょうぶです」

毛布の中の頭がこくこくと揺れた。突き出したままの右手がコーヒーを手さぐりしている。真矢はその手をぎゅっと握ってやった。また、毛布がこくこくと動く。

五歳児じゃない。三歳児だ。

三

空港からタクシーに乗ってJR駅にむかう途中で、すでに違和感があった。

飛行機で来たおかげで、布目が「ぎりぎり」と言っていた最初のスケジュールまでまだ時間があったから、昼ごはんでもと、街を歩きはじめてから、その嫌な予感はますます強くなった。

カニがない。

真矢の記憶では、この街はカニの街だった。土産物屋には大きな保冷箱にカニが山積みになっていた。飲食店の店先にも『松葉がに食べ放題』とか『まつば蟹まんぷくフェア』なんていうカニのイラスト入りの幟《のぼり》がたくさん立っていたはずだ。降りる場所を間違えたか。いや、飛行機だから、それはない。

真矢がまだ中学生の時だ。家族みんなで『温泉と松葉ガニ満喫一泊二日』のバスツアーに出かけたのだ。あの時の父親は、茹でガニみたいな顔色で「真矢は好きなように生きろ。応援するで」そう言っていた。俺は農家の長男だから競艇の選手になる夢を諦めた、と愚痴《ぐち》って、母親に「体がでかすぎただけだよ」と笑われていたっけ。あれは、オヤジじゃなくて甲羅酒が喋っていたんだな。

布目に昼ごはんを奢ると言った手前、リーズナブルかつお腹いっぱい食べられるお店とメニューを品定めするつもりだったのに。

空港を出てもまだ目が甲殻類みたいになっている布目に訴えた。

「先生、カニがない」

「え?」

「カニです。カニ」

両手をチョキのかたちにして、布目の前を横歩きした。死にかけの両目がぼんやりと真矢の顔を見つめる。

「あ、ここってカニが名物なの？　市街地のほうに行かないと店はないかも」

市の中心地は空港からもこの駅前からも離れた場所にあるそうだ。

「えーっ。私はカニを食べに来たのに」

つい本音を漏らしてしまったが、布目には気分を害する様子もない。少し先の寿司屋まで歩いてショーケースをのぞきこみ、真矢を手招きする。サンプルを指さして言った。

「海鮮チラシがあるよ。ほら、カニも入ってる」

「そういうんじゃなくて、脚をほじほじしたり、カニ味噌《みそ》をすくったり——」

カニフォークを持つ手つきで説明する真矢に、布目は哀れみの目を向けてくる。

「どっちにしても、まだ解禁前だと思うよ」

「そんなはずは……だって」

昨日ポストに入っていた回転寿司のＤＭにも『ズワイガニ解禁！』という文字が躍っていた。そのことを話したら、講義が始まってしまった。

「確かに松葉ガニは、ズワイガニの産地別のブランド名だ。オスとメスでも呼び名が変わる。越前ガニは、福井県沖で獲れるオスのズワイガニのこと。石川県なら加能《かのう》ガニ。メスの場合、石川では香箱《こうばこ》ガニ、福井ではセイコガニになる。山形ではさらに細分化されていて、メスで腹が赤いのが――」

「すいません。もっと手短に」真矢は大学院入試の過去問に連日言われ続けているせりふを口にした。「六十字以内で答えよ」

「同じ日本海産のズワイガニでも、新潟から先の地方なら十月からだろうけど、このあたりはもう少し遅い。十一月の初旬頃だと思うよ」

「え――っ」もう冷やしたぬきの消えた秋なのに。真矢一家のカニ旅行も確か秋だった。カニがさほど好きではない母親を父親が説得したのだ。紅葉もきれいだろうから、雪になる前にと……あーっ。

スマホを不器用に扱っていた布目が言う。

「ちょっと遠いけど、カニ料理の専門店があるみたいだ。そこへ行こうか。奢ってくれなくていいから」

「いいです。ベストが食べたかった。中途半端はかえってヤダ」

あーあ。朝ごはんをトースト一枚にしてお腹をすかせてきたのに。結局、「学生に奢ってもらうなら高い店は悪い」という布目と入ったのは、ハンバーガーショップだ。

全国チェーンのどこでもおんんなじメニューを旅先で食べると、なんとなく味をしょっぱく感じる。敗北の味だ。真矢はこっそり呟《つぶや》いた。

「帰りたい」

食欲がないと言いながら半額サービス中のダブルバーガーをあっという間に食べ終えた布目が、指先のケチャップを舐《な》めながら真矢に尋ねてきた。

「ケチャップの語源って知ってるかい?」

「は?」考えたこともなかった。というか考える必要もない気がした。が、いちおう考えてみる。「クェーチョップ」とどことも知れない外国語風に発音してみた。

「スペイン語? あ、イタリア語ですか」ケチャップ島で発明されたんじゃなかったっけ。ああ、あれはマヨネーズ島か。

とっておきのジョークを披露するとでもいうふうな得意顔で、布目がケチャップの残った指を振った。

「中国語なんだ。正確に言うと、台湾《タイワン》で使われているホーロー語だと言われている。『コエチアップ』という魚醬《ぎよしよう》を指す言葉が、ヨーロッパに伝わって、いろいろな素材を組み合わせてつくる調味料のことを『ケチャップ』と総称するようになった。トマトが使われるようになったのはそのだいぶ後で、アメリカでトマトを用いるものを『トマトケチャップ』と呼ぶようになった、というわけなんだ」

「で」

「それだけ」

「いまその情報、必要ですか」

「いや、世界って意外とひとつにつながっているんだな、と思って……君の気がまぎれるかなと」

「もう気にしてませんよ」気にしてる。けど、そんなんで気がまぎれるわけがない。

「レタスの語源はラテン語で牛乳だって知ってた？」

「さ、行きましょ」

四

二両編成のローカル線が走り出した。小さな街並みはすぐに途切れ、列車は緑の中に放り出される。夏の猛々しい色とは違う、木々が紅葉への色変わりを密《ひそ》かに始めたようなくすんだ緑色だ。

座席はボックスタイプではなく、通勤電車のような横長シート。布目は飛行機の時の三歳児状態とは別人の落ち着きぶりで向かい側の窓の外を眺めている。真矢はすぐ隣の布目の横顔を見つめていた。学校で会う時の本当に無精して伸ばしている感じの無精髭《ぶしょうひげ》が細い顎から消えているのは、取材先で不審者と間違われないようにするためだろう。

真矢の視線に気づいた布目が「ん」という表情を向けてきた。

聞いてみたいことがあったのだが、やめにした。かわりに助手としてのごく常識的な質問をする。

「ねえ、先生。天狗ってなんなんですか」

布目がしばし首をひねってから、頭の中に積まれた文献の一ページをひもとくように言った。

「長い歴史があるんだ。座敷わらしや河童《かっぱ》より。天狗が初めて日本の文献に登場するのは、八世紀の頃だ」

真矢はすかさず言葉をはさむ。

「日本書紀ですね」

ちょっと鼻の穴がふくらんでいたかもしれない。

「そう、中国から入ってきた概念だ。ただし中国における天狗は、いまとはまったく違う。天の狗《く》、尾を引いて夜空を駆ける流星をさす言葉で、悪いことの起きる前兆というほどの意味合いだった。地に下れば狸《たぬき》のような獣となる、という記述がある程度で」

源氏物語の中にも「天狗」という記述があるそうだ。この頃になると、日本独自の解釈が生まれ、流星というより山の中の怪異、木霊《こだま》と同種のものと見なされるようになる。

「平安時代の後期以降には、さらに概念が変化して、鳶《トビ》——鳥のような姿をしている、と記述されることが増えてきた。鎌倉時代にはいろいろな絵巻に天狗が登場するけれど、どれもが半人半鳥というのかな、鳥に似た姿で描かれることが多い」

ここぞとばかりに真矢は声をあげる。

「烏天狗！」

「そうだね。烏天狗と呼ばれるもののほうが、むしろ天狗の原型だ」

真矢が下唇を突き出しているのに布目は気づかない。「そうだね」じゃなくて「よく勉強してきたね」って言って欲しかったのに。

「鳥人タイプの天狗は、インド神話の神鳥ガルダの影響を受けているのではないかという説がある。ガルダは、東南アジアなどではガルーダ。日本にも古くから仏教の守護神、迦楼羅《カルラ》天として伝わっている。迦楼羅の像を見ればわかるけど、顔が鳥だったり、翼が生えていたり、半人半鳥という姿をしているんだ」

いかん。朝が早かったから眠くなってきた。真矢は頬に手を添えてうなずきながら、もう一方の手で二の腕をつねる。

「鼻が高い現在の天狗のイメージが定着したのは、室町時代の末期あたり。いわゆる戦国時代だ。初めて鼻高の天狗の絵が描かれたのは『鞍馬大僧正坊図《くらまだいそうじょうぼうず》』。狩野元信の作だと言われている。このあたりを境にして、天狗に対するビジュアルイメージは、急に烏天狗から鼻高の天狗に変わった。またたく間に天狗イコール鼻高の赤ら顔っていう認識が生まれて、江戸時代の絵画では、たいていこのタイプが天狗として描かれ、烏天狗、木の葉天狗は、その配下のように位置づけられるようになった。烏天狗が大天狗にすり替わったのは、なぜなんだろう」

まるで烏天狗の不遇を嘆くように言う。私に聞かれても困る。窓の両側は一面の田んぼ。収穫が終わっているところも多いけれど、まだのとこは青と黄色の二色の糸で織った絨毯《じゅうたん》のように見える。きらきら光るきれいな絨毯だ。でももう布目の目には五百年前の風景しか見えていないようだった。

「伎楽《ぎがく》の影響という説はある」

「ギガク？」

「うん、七世紀頃に中国南部から伝わってきたとされる伝統芸能だ。この伎楽には仮面が使われる。その中に、天狗みたいな鼻高の仮面もある。まさに『迦楼羅』という名前の鳥人間の仮面も。伎楽のルーツはインドやヨーロッパにまで辿《たど》れる可能性があって、少なくとも影響を受けていることは間違いないから、鼻高の仮面は『西域胡人《さいいきこじん》』、つまりヨーロッパ系の人々を模したんじゃないかと言われている」

「へえ〜、意外。外国の文化の影響って、いまだけじゃなくて、けっこう昔から受けてたんですね」

窓の外の、ザ・日本の伝統という感じの風景を眺めていたから、なおさらそう思った。

「うん、独自の文化ってよく言われるけれど、閉ざされた世界の中で育つものは、じつはたかが知れている。文化って、外部からいろんな影響を受けて、影響を与え合って、変化していくものなんだよ。守っていくことも必要かもしれないけれど、変化を恐れていたら何も変わらない」

最初に切り出そうと思った言葉をまた口にしかけたのだが、布目は天狗の解説に戻ってしまった。

「でも、伎楽の仮面がいまの天狗の原型になったという説は、説得力に乏しい気がするんだ。伎楽は平安時代に廃《すた》れてしまった芸能だからね。鼻高っていう共通点以外、伎楽の仮面と天狗が似ているとも思えないし。十六世紀に突然、鼻高天狗が出現したのは、やっぱり違う理由があったからだと思う」

「考えすぎじゃないですか。なぜドラえもんは猫型ロボットなのに耳がないのか、知ってます?」

「ネズミにかじられたんじゃなかったっけ」

「それはどう考えてもあとづけのエピソード。作者が耳がないほうがカワイイと思ったからですよ。鼻高の天狗の絵を描《か》いた人も、もののけっぽい雰囲気にするには、鼻をめちゃめちゃ高くしてみたらどうかとか、もっとデフォルメしてみたら面白そうだとか、考えただけだと思いますよ」

「でも、何百年も続いていた半人半鳥の天狗のほうが、よっぽど妖怪っぽいよ。その固定観念をあえて変えようとしたのには、何か裏付けのようなものがあったんじゃないかな」

「流行《はや》り? 烏天狗はもう飽きられていて、最初に描いた人の鼻高が評判で、みんなが真似をしたとか。立派そうだったからかも。天狗って神様みたいな存在でもあったんでしょ。神様がカラスじゃ具合が悪いじゃないですか」

天狗は世を騒がす悪しき「魔」、山を守護する崇《あが》めるべき「神」、あるいは悪戯《いたずら》をする「精霊」、時代のときどきで評価が変わるそうだ。予習したにわか知識だけど。

「自分の持ってる知識だけでなにもかもをむりやりこじつけるのは、専門の研究をしている人の悪いクセだと思います。邪馬台国《やまたいこく》の論争だって、魏志倭人伝《ぎしわじんでん》を書いた人がいい加減だったって考えれば、喧嘩《けんか》する必要もないのに」

途中で気づいた。これは布目に喋っているわけじゃなく、自分だけの経験と狭い了見を、世間の良識、正論だと角質化した頭で思い込んでいる父親へ投げつけている言葉だと。だけど、だから、止まらなくなってしまった。

「写楽《しゃらく》は誰だったのか問題もそうです。じつは北斎《ほくさい》だった、歌麿《うたまろ》だった、誰それさんだった、というより、写楽っていう人が実際にいたのだ、無名のまま終わってしまったのだ、突然描かなくなったのは、いまはスゴイって言われてるけど、当時はあの画風が受けなかっただけ、そう思えば済むことなのに」

布目が黙りこんでしまった。ごめんなさい。素人が言いすぎました。気にしないで。いくら布目でも少しは不機嫌になっただろう、とおそるおそる顔をのぞきこんだら、ぜんぜん違った。きまじめに考えこんでいた。

「確かに。言われれば、そうかもしれないね」

駅を出て一時間が過ぎた。短い鉄橋を渡ると、山裾が迫ってきて窓の両側が秋の淡い緑色に包まれた。と思ったら目の前が急に暗くなる。トンネルだ。これを抜けた先が霧北。長いトンネルだった。魔境の入り口みたいに。

まだ昼下がりなのに、ホームに吹く風はひんやり冷たくて、真矢は長袖Tシャツの上にパーカーを羽織った。東京では十月に入っても蒸し暑さがぐずぐずと居残っているけれど、ここはもうすっかり秋だ。

霧北は山間の小さな町だった。改札を抜けた先の真正面には、てんこ盛りのご飯みたいな山がどでんと聳《そび》えていた。

「宝嶺山《ほうれいざん》だ」

布目がバッグを肩にかけ直すと、ガシャガシャと得体の知れない重い音がした。最初にめざすのはあの山の麓にあるお寺。

住宅地に商店が点在しているだけの駅前通りを少し歩いただけで、道の右手は田んぼになる。左手は斜めの山肌を覆い尽くす竹林。

日本の原風景みたいな景色が続く。美しい。でも、いつまで続くんだ、これ。

山って近くに見えるようで遠い。道もしだいに登り勾配になる。背中のカメラバッグが肩に食いこんできた。「動画はなくてもいい。写真だけ押さえてくれれば」と布目は言っていたが、映画監督をめざす真矢には、ビデオカメラを駅のコインロッカーに預けるという選択肢はなかった。半分意地になって風景を撮影しながら、何が入っているのやら、真矢のものよりずっと重そうな荷物をさげた布目の早足を追いかける。

祭り囃子《ばやし》が聞こえてきた。笛のかわりに法螺貝《ほらがい》を鳴らす勇壮なお囃子だ。I♡NYのTシャツを着た案山子《かかし》を撮っていた真矢を、布目が振り返った。

「ここでは毎年、天狗祭りが開催されるんだ。今日が初日」

祭り囃子に吸い寄せられるように足を速める。山裾を迂回《うかい》した先、小高い丘の上にお寺の瓦屋根《かわらやね》が見えてきた。石段はなくS字の坂道が続いている。いや、お寺じゃない。坂道のとば口には鳥居が立っている。『氷見屛風神社』。ヒミビョウブ神社？　布目は行く先を『法願寺《ほうがんじ》』と言っていたはずだ。

「先生、まだですか」

「いや、ここを登ればすぐだ」

確かに祭り囃子は坂の上から聞こえている。真矢は鳥居を指さした。

「でも、ここ神社じゃないですか」

「ああ、あれは鎮守社だ。お寺の中の神社。明治時代に神仏分離令が出されるまで、仏教と神道は共存していたんだ。神仏習合だね。昔は寺の住職が鎮守社で神事も行ったり、反対に神社の中に神宮寺が置かれたりすることもあった。その名残だよ」

神仏習合。そういえば日本史の授業で聞いたことがある。これ、大学院の試験に出るだろうか。

「いい加減なものなんですね、日本の宗教って」

「でも、そこがいいところかもしれない。宗教は人を救うためにあるはずなのに、異教徒を認めないで戦争が起きたり、迫害したりすることを考えればね。まあ、昔の人もキリスト教は排除しようとしたけれど」

坂の上の見晴らしのいい境内には、この小さな町のどこにこんなにと思うほどの人が集まっていた。真矢の背丈でも幾重もの人垣のむこうをのぞくのは難しい。背伸びをして飛びはねているうちに、法螺貝の音《ね》が高まり、人垣の先の本堂が騒がしくなった。

「始まるよ」

布目の声に促されて、ビデオカメラを構えた。首にはデジカメを吊《つ》るす。

人垣が割れて、山伏姿の一団が現われた。片手に杖《つえ》を持っている。ものものしい格好だが、山伏に扮《ふん》しているのは、眼鏡をかけてたり白髪だったり禿《は》げていたりのオジサンが多いからあまり迫力はない。

続いて鎧《よろい》と烏帽子《えぼし》を身にまとった何人かを先頭に、裃《かみしも》をつけ、提灯《ちょうちん》や鉦《かね》や太鼓を手にした集団。こちらは女性や若い人もいる。町内会のお偉いさん風の山伏たちを先頭に、行列をつくって、坂道を降りていく。

次に現われたのは一人だ。やはり山伏の衣装だが、オジサン山伏たちの白装束とは違って、色は漆黒。面をつけていた。青黒い大きな嘴のある仮面だ。

おお、烏天狗。人垣の隙間からフルフィギュアで撮り、ズームしてバストショット。通りすぎる前に仮面をアップショット。コスプレとはいえ等身大だから迫力がある。ヒーロー戦隊物に出てくる悪役みたいな感じ。

法螺貝の音《おと》がやみ、ざわめきだけが高くなる。

焦らすような長い間《ま》のあと、人垣のむこうで野太いマイクの声がした。

「大天狗さま、ご出陣っ～」

再び法螺貝が鳴り響き、参道を埋めていた人々がまた道をつくる。

異形の人影がゆっくりと姿を現わした。

天狗が、来た。

反り返るほど伸びた、高いというより長い鼻。大きな目。褐色の髪。法衣っていうんだろうか、裾の長い衣装は金色だ。

天狗の面をつけたその人物は、とにかくでかい。人垣が割れる前から頭ひとつ突き出ていた。身長二メートルは超えているだろう。一度は履いてみたいすっごいハイヒールで一緒に記念写真を撮りたい。背の高い真矢は集合写真を撮られる時、いつも体を縮めてしまうのだ。

ファインダーの向こうの大天狗が真横を通りすぎていく。名のあるバスケットの選手か、と思ってよく見たら、大天狗は歯が二十センチ以上ありそうな下駄を履いていた。しかも一本歯。まともに歩けないようで、天狗に真っ赤な野点傘《のだてがさ》を差しかけている介添人の肩につかまって、花魁《おいらん》みたいにしずしずと坂を下りていく。

布目がぼそっと呟いた。

「天狗の顔が赤くなかった」

うん、薄いピンク色だった。

「ふつうは赤なんでしたっけ？」

「ステロタイプのものはね」

かなり年季が入っているお面に見えたから、色が褪《あ》せただけじゃないだろうか。

「そして目。ここのは金色じゃない」

目？　のぞき穴が開けられていた大きなぎょろ目は薄緑色だったような。布目はうんうんとうなずいている。

「天狗祭りと呼ばれる催事は全国にいくつもあるけれど、どれもそう昔から行われていたわけじゃない。だけど、霧北の天狗まつりは歴史が古いんだ。江戸時代になる前からいまの様式の原型があったとされている」

「原型？」

「うん、つまり鼻高天狗が出現した直後から、祭りが行われるようになった。使われている面も昔からあのタイプだそうだ」

鉦の音が高くなってきた。大天狗を追っかけていた観衆が戻ってくる。

今度は神輿《みこし》が登場した。ごく普通のお神輿。祭り半纏《ばんてん》と捩《ねじ》り鉢巻《はちまき》の男たちがかけ声をあげている。天狗のお面をかぶったり、帽子のように頭に載せている人も多い。

「エッサ、ホイサ」「エッサ、ホイサ」

布目が実況中継の解説者みたいに蘊蓄《うんちく》を語りはじめた。

「あの『エッサ』っていう言葉。一説ではヘブライ語だと言われている。ヘブライ語で『運ぶ』っていう意味なんだそうだ。『ワッショイ』という言葉もヘブライ語、もしくは朝鮮語の『ワッサ』から来ているという説もある」

ヘブライ語？　パレスチナあたりの言葉だっけ。

「ただの俗説かもしれないけれど、『エッサ』も『ワッショイ』も、日本語の語源がわからないことも確かなんだ。外国語であっても少しもおかしくない」

「なぜ、それが日本の祭りに？」

「さぁ、なんでだろう」

布目が子どもみたいに首をかしげた。学者なんだから少しは知ったかぶりをすればいいのに。

「そういう言葉ってけっこう多いんだよ。『瓦』はサンスクリット語の『カパラ』、『襦袢《ジュバン》』はアラビア語の『ジュッバ』。中国語に由来する言葉は言うに及ばず」

「じゃあ、『ホイサ』は？」

布目は反対側に首をかしげる。七歳児が宇宙の果てについて思いを巡らすように。

「わからない」

もうひとつお神輿が出てきた。かけ声が黄色い。担いでいるのはみんな女性だ。小ぶりなその神輿に載っているのは、さしわたしが人間の背丈ぐらいありそうな天狗の面だった。これも薄桃色で、斜めに立てかけたように固定され、長い鼻が空に屹立《きつりつ》していた。

女神輿だ。かっこいい。

「先生、私、行列を追いかけてきます」

「わかった。僕は住職に取材をしてくる。旅館で会おう」

二つの神輿が坂を下りていく。坂の下には黄金色《こがねいろ》の水田。もう稲刈りを終えた田には雪ん子帽みたいな藁《わら》の山。黄金の中を大天狗の真っ赤な野点傘が揺れながら進んでいた。金色の衣装が同じような色合いの稲穂に溶けていく。烏天狗と、裃をつけた大名行列みたいな楽団と、年老いた山伏たちは、山裾に呑まれるように消えてゆくところだった。

シュールな光景だった。自分の国の伝統行事なのに、エキゾチックという言葉が頭に浮かぶ。

そうか、日常のすぐ近くには非日常がたくさんあるんだ。古さの中にも新しさがあり、平凡の中にも名場面がある。いまのいままで真矢は、これから自分の撮るべき映画には、奇抜な発想と斬新な映像がなければならないと思いこんでいた。それを生み出せないプレッシャーに潰されかけていた。

そんなことに悩む必要なんてないんだ。驚きや不思議はいつもの毎日にいっぱい詰まっている。見る目を少し変え、感じる心をちょっと変えるだけで。

自分が撮るべき映画が見えてきた気がした。まだどのシーンにもソフトフォーカスがかかっているけれど。

女神輿を追いかけて、真矢は天狗の道を走り出す。

五

今日の宿は、お寺からさらに山に入った先にある小さな温泉旅館だ。十畳ほどの畳の間で、椅子が置かれた広縁はない。窓のむこうの稜線《りょうせん》はすっかり影法師になっていて、少し前まで聞こえていた祭り囃子ももう止《や》み、部屋の真下の渓流の音だけがかすかに続いている。夕食の膳が部屋に運ばれていたが、布目はまだ戻ってきていない。

ビール、飲んじゃお。どうせあの人はコップ一杯しか飲めないのだし。

こんこん。ああ、またやっちまったい。

瓶ビールを開ける時、つい栓抜きで叩いてしまうのが真矢の癖で、友だちにはオヤジ臭いと笑われる。子どもの頃から見ていた父親の癖がうつってしまっているのだ。

ええい、腹が立つ。こんこん、ここんこん。

頭の中に妖魔のように立ち現われたオヤジの幻影を振り払うために、小さすぎるコップの中身を一気に飲み干した。

今日は二人でひと部屋だ。部屋代を浮かすためじゃなく、霧北天狗まつりは、観光資源の少ないこの町では年に一度の一大イベントで、宿はどこも満員。取れたのはこの部屋だけだった、とか。真矢と布目は狭い部屋で一緒に寝ることになっている。今回は事前に聞かされていたし、別に気にもならない。布目のことを男として見ていないというわけじゃなくて、女として見られていないことがわかっているから。

大瓶を一本空けかけたところで、布目が帰ってきた。

「どうでした」

「あ、ああ、えへへ」

顔が赤い。

「お酒、飲んでます？」

こっちは三十分も我慢して待っていたのに。自分のことを棚に上げて、酔っぱらって帰ってきた夫を詰問する妻の口調になってしまった。

「ああ、うん。祭り酒を少し。住職にいつから天狗まつりが始まっらのか、聞こうと思っていたんらけど。へへ」

「もうっ。しゃきっとしなさい」

水をコップ一杯飲ませてから話を聞いた。

法願寺の住職には事前にアポイントを取っていたが、なにしろお祭りの主催者。布目の取材が、マスコミに出たりはしない個人的な研究のためだとわかると、とたんに態度が冷たくなったそうだ。

「もう誰にもわからないほど古くから、としか答えてくれなかった」

「それもう聞きました。で、しかたなく町のお年寄りに話を聞こうとしたって話も」

「うん、年に一度のお祭りだ。町の長老たちも一堂に会するだろうから、今日はいい機会だと思っていたんだけど——」

足腰の丈夫な老人は行列に参加し、参加できない人はそもそも来れないか、酒盛りだけが目当てだそうで、早くも酔っぱらっていた老人たちに、さんざん酒をすすめられたそうだ。「そんな昔のことは知らんわや」「聞いたことね」「そがんことより兄ちゃん、飲んでいかっしゃい」「いかっしゃい」「いかっしゃい」

「飲めないくせに」

「うふ。だよね。でも、土地の人とのコミュニケーションも民俗調査にはかかかせないことらからね」

「助手とのコミュニケーションは?」私の気持ち、わかってる?

「お、シンヤ君、カニがあるよ」

赤い顔をかくりと折って、酔いにとろけたカエル目をお膳に据える。

「もう、いいですよ、カニは」

「僕のぶんもあげるよ」

焼きガニが載った器を突き出してくる。冷凍ものでしょ、どうせ。カニさえ食わせておけば、こいつは言いなりになるとでも思っているのだろうか。安く見られたもんだ。以後、気をつけなくちゃ。

「明日は何を？　野外フィールドワークとしか聞いてませんけど」

二皿目の焼きガニの身をほぐしながら真矢は切り出した。しじみの酒蒸しをつついていた布目が、しじみのオルニチン効果か、ようやくふだんの口調に戻って言った。

「この霧北には天狗伝説が多いんだ。天狗の呪力のことは話したっけ」

「いえ、まだです」

「天狗はさまざまな呪力を持つといわれている。空を飛ぶ。雷を呼ぶ。火を熾《おこ》す。風を操る。などなど。ただし伝承として、人々が体験したとされる現象として、残っているのは、もっとスケールが小さい。山の中で遭遇する怪異が天狗のしわざだと見なされてきたんだ。例えば、天狗たおし、天狗わらい、天狗つぶて――」

「天狗たおし」というのは、誰もいるはずのない深い山の中で、木が倒れる音がすること。「天狗わらい」は同じく人里はなれた深山で突然、人の笑い声が聞こえること。「天狗つぶて」は、山の上のほうから小石や砂が、ときには岩が降ってくる怪異現象のことだそうだ。

「『天狗かくし』というのもある。山の中に入った誰かが行方不明になってしまうことだ。ようするに『神隠し』なんだけど、天狗かくしの場合、しばらく経《た》ってその人物がちゃんと戻ってくる場合もある。そして言うんだそうだ。『天狗に会った』あるいは『天狗に里まで送ってもらった』と。霧北にはとくにこの天狗かくしの伝承がいくつも残っていて、山で消えてから戻ってきた村のある子どもは、こう言っていたそうだ。『天狗は何かの生き血を飲んでいて恐ろしかったが、自分には優しかった。食べたことのない味の菓子をくれた。人間の子分もたくさんいた――』」

こんこんこん。話が長くなってきたから、二本目のビールを開けて、適当にあいづちを打つ。私の話も聞いて欲しい。

「こっちは、いい映像がたくさん撮れましたよ。女神輿がかっこよくて。なんで天狗のお面のお神輿を担いでいたのは、女性だけだったんだろう」

「たぶん、ここの天狗に子宝信仰があるからじゃないかな」

「子宝信仰？　天狗に？　似合わないと思うけど」

「ほかの地方でもあるよ。天狗に子授け祈願をするところ。しばしば天狗はシンボルと見なされるから」

「シンボル？」

「ほら、天狗の鼻って、あれみたいだろ」

「あれって」

「男性器」

思わず布目に箸袋を投げつけた。

「なに考えてるんですかっ」

「いや、僕に言われても……」

そういえば、さっきの大天狗の鼻は無駄に反り返っていた。色もピンクだったし――二人の部屋が急に狭く思えてきた。いやいや。話題を変えよう。咳払《せきばら》いをしてから真矢は言う。

「えーと。ところで先生。天狗についての私の推理を聞いてもらえますか」

「え、うん」

旅の前に予習をしていて何となく考えていただけだったが、布目が天狗の面の肌や目の色にこだわっているのを知って、自分の推理がまんざらでもないように思えてきた。

「天狗は外国人じゃないのかなって。鼻高天狗のイメージは、漂流者だか宣教師だか、西洋人を初めて見た、当時の日本人の強烈な印象が誇張されてできたんじゃないでしょうか」

高い鼻。異人種を初めて見た人にとっては、異様に高く大きく見えただろう。赤い顔。実際の白人の顔は、白というより赤ら顔だ。金ぴかの目は、黒か茶色の瞳しか知らなかった人々に奇妙に輝く瞳として記憶されたんじゃないだろうか。烏天狗より体がずっと大きいのも、当時の日本人が彼らの体格に驚いたから。黒船が来航した時に描かれたというペリーの似顔絵を思い出したのだ。まるっきり天狗だった。

一笑に付されるかと思っていたのだが、布目は大きくうなずいた。

「うん、僕もそんな気がしているんだ」

え、間違ってないの。もっと悔しがってよ。

「でも、なぜ漂流者や宣教師が、海岸や港じゃなくて、山の中にいたんだろう。そこがひっかかるんだ。天狗の棲《す》む場所は、山と相場が決まっているからね」

それは——先に結論を言われた負け惜しみじゃないだろうか。

「明日の調査で、その手がかりを見つけたいんだ」

布目が部屋の隅に置いた大きな横長バッグに横目を走らせる。何が入っているのかは、だいたい見当がついていた。聞かないことにしてやろう。

止めたのだが、布目はトイレと室内浴槽のある板の間に布団を敷いた。いいってば。逆に意識してしまう。天狗のピンクの鼻を思い出す。でも、襖一枚《ふすまいちまい》隔てたおかげで、ずっと言い出せなかった問いかけを、するりと口にすることができた。

「ねえ、布目先生。聞いてもいい？」

「……ん………」

「自分のやってることが、全部ムダで、何の役にも立たないって思うことはないですか」

真矢はしょっちゅう思う。大学院受験も、バイトも、そしていつか映画を撮るという夢のことも。

「…………」

もう寝た？　早っ。まぁ、いいや。明かりを消した天井を見つめて、ひとり言を続ける。本当に問いかけたかったのは自分自身にだから、問題ない。

「先生の研究、私は面白いと思います」

ひとり言だから正直に言った。確かに最初は馬鹿みたいとしか思っていなかったし、今回の取材旅行もカニにつられてやって来た。でも、本当は自分でもわかっている。ここまでついて来たのは、布目と一緒なら、きっと、いまの息づまった日常では想像もできない、とんでもない風景が見られるんじゃないかと思ったからだ。

「だけど、天狗の正体とか、河童や座敷わらしのこととか、世間には評価されませんよね」

はっきり言えば、馬鹿にされてると思う。真矢が買った布目の著書『逢魔が時に会いましょう』もオカルト本コーナーに置かれていた。内容はクソ真面目なのに。

「それでも先生はいいんですか。私はなんだか悔しい。私だったら、人に見向きもされなかったら、やめてしまうと思う」

大学院への進学を決めて学内の研究室の情報をあれこれ集めていると、布目のことも嫌でも耳に入ってくる。

布目は二十九歳で准教授になったが、その後の研究内容がまったく評価されずに国立大学での職を失って、優秀な学生がいるとはとても言えない真矢たちの私大に移ってきたそうだ。いちおう自分の研究室を持っているが、就職の箔づけにも研究者としてのキャリアにも役に立たない内容だから、学生は集まっていない。学術書ではない本を書いているのも教授たちの顰蹙《ひんしゅく》を買っているらしい。

「なんでそんなことにがんばれるの。他の研究をしていれば、すぐに教授になれるのに。ノーベル賞は取れっこないし」

　映画の夢はもういいかな。最近は日に何度も考える。夢を追いかけている、という聞こえはいいけれど、他人から見れば、ただの脳内妄想。父親が言うように「なんもしとらん言いわけじゃろうが」だ。

「うん、取れないよね」

　やば。起きてた。

「でも、僕には大切なことに思えるから。まず僕自身にとって大切なことだし、誰かにとっての何かの足しになれたらいいとも思う」

　やっぱり半分寝ていたみたいだ。布目の声はすぐにぼんやりかすんでしまった。

「妖怪の正体を知ることは、この国の正体を知ることでもあると思うんだ。正体がわからなければ、愛することも……怒ることも……でき……ない」

　おやすみ。むにゃむにゃと言い、一分も経たないうちに、今度こそ本当に寝た証拠の歯ぎしりを立てはじめた。

暗闇に目をこらして真矢は思う。

私に大切に思えることはなんだろう。それは誰かの大切なものにもなれるのだろうか。

六

翌日、真矢たちは早い時間に宿を出た。

旅館の傍らを流れる狸尾川《りおがわ》に沿って山を登っていく。

荷物は重いが景色は美しい。浅い流れは岩を縫って、あちらこちらで水しぶきを上げたり、小さな滝をつくったりしている。木々を映した川面は緑色に染まっていた。吹く風は涼やかで歩き続ける肌には心地いい。荷物は重いが。

はるか下では早くも祭り囃子が始まっていた。今日は霧北天狗まつりの二日目にして最終日。天狗行列が行われるのは昨日と同じだが、時間も長く、集まる人も増える。夕方にはお寺に戻って神輿を納め、花火を上げて盛大にフィナーレを祝うんだそうだ。

旅館の女将《おかみ》さんには呆れられた。祭りを見ないで山へ行くんですか？

大きなバッグを斜めがけにしている布目の背中に声をかけた。

「お祭りはもういいんですか。今日が本番だって……」

「うん、こっちはこれが本番だ」

一日がかりになると布目は言う。旅館に頼んでおにぎりのお弁当をつくってもらっていた。水やスポーツ飲料も500ccボトルを一人三本ずつ。河童沼の時に学習済みだった真矢は、使いかけのトイレットペーパーとビニール袋を用意した。今回の旅には、念のための携帯用トイレと園芸用スコップも持参してきている。

山頂へは向かわずに、山裾を大きく迂回した。道はあるけれど、舗装はされていない。車も、特別な用事のない人間も、まず通らないだろう細い山道だ。片側の山肌に斜めに生えた木々が頭上にまで梢《こずえ》を伸ばして影を落とし、でこぼこ道に木の葉のモザイク模様をつくっている。

風景を写真やビデオに撮っている余裕があったのは最初のうちだけだった。迂回路は平坦に見えてアップダウンが小刻みに続く。相変わらず布目は細身なのにタフだ。息を切らせて後を追った。

宝嶺山はそう大きな山ではなく、一時間ほどで反対側に出た。正面には宝嶺山とよく似た逆さのお碗みたいな山。右も山。左も山だ。すぐ下を流れる狸尾川の川幅は登ってきた時の半分ぐらいになっていた。

川沿いをさらに十分ほど歩いた先に橋があった。橋といっても、組んだ丸太数本が渡してあるだけ。川幅は車線のない道路ほどだが、水面は二階の窓からのぞいたぐらい下。流れが速くて大きな岩がごろごろしている。落ちたらどうなることか。

「僕につかまって」

布目が布目らしくないことを言う。生唾を飲みこんだ音を聞かれてしまったか。

「いいです。先生こそ私につかまって」

意地になって先に立って橋を渡った。だめだよ。私が落ちたら先生も落ちちゃう。

橋の先に続く道はいままでより細い。しばらく辿っていくと、行く手はまた川。やはり狭い山の中の渓流で、今度は三階建て分ぐらいの崖下を流れている。さっきとは違う川だと思う。橋は架かっておらず、道もここで途絶えていた。

布目がポケットから何かを取り出す。リモコンに見えた。旅館のテレビのやつを持ち出してきたわけじゃなかった。上部に穴が開いていて、中で風車が回っている。

「なんですか、それ」女性用シェーバーでもなさそうだ。

「風力計」

布目からはそれ以上の説明がない。いまさら真矢が呆れて帰ってしまうのを心配しているわけじゃないだろう。自分の世界に没入しているからだ。真矢もよけいなことは聞かないことにした。こうなったら、映画や小説のあらすじを知らないでおくのと同じ。そのほうがドキドキできる。結末がどうであれ。

「こっちだ」

川とは反対側の斜面を登りはじめた。少しずつ目的地に、何かの確信に、近づいているらしかった。布目の目にはどうせ周りの何も——真矢のことも——映っていないんだろう。あわてて背中に従う。今回は三脚がないとはいえ、機材や水やその他が詰まったカメラバッグを背負って斜面を登るのは、けっこうきつい。

布目が斜面の上の木立の中に消えていく。足手まといだと思われたくない。急がなくちゃ。焦ったのがいけなかった。濡《ぬ》れた落ち葉に足を取られて、ずずずずずっ。

「うぎぎっ」

斜面から滑り落ちた。

立ち上がろうとして手をついたら、今度は手が滑って、ずずずずっ。せっかく登った斜面の下のほうまで落ち、木の幹にしがみついてようやく立ち上がる。

「おーい、だいじょうぶ？」

上から布目が顔を出していた。スキーの滑走のように滑り下りてきて、真矢に手をさしのべてくる。

「叫んでくれればよかったのに」

きゃー、とか言えばよかった？　だってどうせ耳には入らないでしょうに。布目の手には摑《つか》まらず、自分の力で立ち上がった。なぜだろう、ムキになって言ってしまう。

「誰も聞いてなければ、無駄に叫びませんよ。女の子の悲鳴って、誰かに助けて欲しいっていう心から生まれる叫びなんです」

聞こえてますか、私の声が。

斜面の上は勾配がゆるやかだったが、そのかわりにひと抱えもありそうな木々が並んでいる。布目がかたわらの、灰色と白、ぶち犬みたいな木肌の太い幹を撫《な》でて、うんうんと頷いた。

「ブナが多いな」

木立の間をじぐざぐに進む。山の中ではもう秋が深い。足もとに丈の高い草は少なく、落ち葉が敷きつめられている。ここはどの辺だろう。まだ宝嶺山のどこかなのか、ほかの山に分け入っているのか、それすらももう真矢にはわからなかった。

数歩前を歩いていた布目が立ち止まった。

「見つけた」

布目の視線の先にあるのは、山積みになった石だった。落ち葉に覆われ、すっかり苔《こけ》むしているから、最初は「これがどうかした？」としか思えなかったのだが、確かにこんな森の中にティッシュ箱ほどの四角い石がまとまってころがっているはずがない。布目が落ち葉を払い、いくつかの石を積み直して歪《ゆが》みを直すと、台形の石壇になった。どう見ても人の手によるものだ。

少し離れた草むらから布目が何かを拾い上げた。重そうに両手で抱えている。

「これ、が載って、たんだ、と思う。よいしょ」

鉄錆色《てつさびいろ》の何かを石の上に載せた。金属製のようだ。泥と苔にまみれて鳥の巣箱みたいに小さいけれど、屋根を載せた家のかたちをしていた。

「これは？」

「祠《ほこら》だね。このあたりに神社があったんだ。簡素なごく小さな神社が。鳥居はおそらく木製で朽ち果ててしまったんだと思う」

祠の先も鬱蒼《うっそう》とした森に変わりはないが、地面は平坦になっている。サッカーのグラウンドぐらいの平地が広がっていた。斜めの道ばかり歩いてきたこれまでを思えば、かなりの広さだ。

「昨日、町のお年寄りに聞いたんだ。昔、炭焼きの仕事をしていた人でね、狸尾川と龍足川《りゅうあしがわ》の合流するあたりに祠があるはずだって」

龍足川というのは、さっきの二番目の川のことだろうか。そういえばどこからかせせらぎが聞こえる。

布目がまた風力計を取り出した。リモコンみたいなそれをテレビに向けるように突き出して歩きだす。数十歩先に川があった。小川だが、上から下へ落ちていく流れは速い。

「この川に水車が置かれていたんじゃないかな」

「水車？」

「うん」

「ここに何があったんですか」

「あれ、話してなかったっけ」

「ええ」

風力計の電源をぽちりと消して布目が言った。

「たたら場の跡」

「たらばば？」

「たたら場。昔の製鉄所だ。山陰地方には、たたら場が多かったんだ。さっきの神社跡は、金屋子神《かなやごかみ》を祀《まつ》っていたところだと思う。昔のたたら場には常に神社があったそうだ。金屋子神は製鉄の神とされていて、たたら場の守り神だったんだ」

「こんな山の中に？」

「山の中だからだよ。製鉄のためには、大量の炭が必要だ。つまり炭焼きをする木材が近くにふんだんになくてはならなかった。栗やブナが良いとされていたそうだ。水車を回したり、土砂から砂鉄を漉《こ》しとるために、山間の流れの速い川が近くにあることも条件だ。炉の炎を燃え上がらせるために下から風が吹き上げることも。このあたりでは砂鉄もたくさん採れたしね。昔の日本の製鉄には、基本的に砂鉄を使っていたんだ」

　製鉄の話がさらに続きそうだったから、真矢は開いた両手を布目の胸の前にかざした。馬の背中を撫でるように。どうどう。いったん落ち着こう。

「えーと、それと天狗とはどういう関係が？」

「『たたら』の語源って知ってる？」

「いえ」たたらですら、聞いたことがあるようなないような、ですから。

「諸説があるけれど、古代インド語の『熱』を意味する『タータラ』から、あるいはタタール人の『タタール』に由来するというのが有力だ。タタールは中国の西域にあった国で、タタール人は昔から優秀な製鉄技術を持っていたんだ。どちらにせよ、たたら製鉄は外国から導入された技術が礎になっていて、外来語の可能性が高い」

「で？」まだ答えになっていない。

「たたら場はもともと立地条件として山の奥深くにつくる必然性があった。人里とは隔絶した世界で作業が行われていたんだ。それに加えて、戦国時代に入ると、たたら場によっては場所を秘密にする必要もあったんじゃないかと思うんだ」

「はい？」

「戦国時代の大名たちが鉄で何をつくると思う？　彼らが最も必要としていたのは包丁や鍬《くわ》じゃなくて、刀や鎧だ。十六世紀の半ばすぎからは、鉄砲や大砲。もちろん加工自体は別の場所でやっていたのだけれど、たたら場はある意味、軍需工場、新兵器の素材の研究所でもあったわけだ」

「で？」天狗は？

「天狗は——鼻高天狗のモデルは——たたら場で働く外国人技術者だったんじゃないか、って思ったんだ」

布目が眼鏡のブリッジを中指で押し上げたから、真矢は身構えた。本人は気づいていないだろうけど、このしぐさをした後は話が長くなることを、真矢は知っている。

「戦国時代を制したのは、単純な武力じゃなくて、経済力と新しいテクノロジーだ。勝ち抜くためには、先進技術を外部から導入する必要がある。当時、最も製鉄技術が進んでいたのはヨーロッパだ。まだ鎖国もなく、キリスト教が排斥されていない時代だから、ヨーロッパ人を呼ばない手はない」

また布目がブリッジに手をかける。まだ続くぞ。

「日本ではもともと天狗のしわざだとされる山の怪異が言い伝えとして知られていた。深山にたたら場があることを知らずに近くに迷い込んだ人間がいたとしたら、誰もいないはずの場所で聞こえる音や声や現象をどう思うだろう。『天狗たおし』『天狗わらい』『天狗つぶて』どれもが当てはまる。もし、たたら場を見てしまったら？　おそらく初めて見る光景だ。火や風を操っている。雷を起こしている、そう思い込んでも不思議はない。働いている人間の多くは日本人でも、その中心人物が見たこともない特異な容貌の大男だったら――」

「天狗だと、思ってしまう」

「そういう可能性があったんじゃないかと思うんだ。為政者のほうも、たたら場の場所や何をしているのかを隠すために、天狗伝説を利用していたかもしれない。たたら場を見てしまった人間は口封じのために里へは帰されない。帰されるとしたら、たたら場の人間がよけいなことはいっさい喋らず、他言はするなと因果をふくめる。天狗の居場所だと思いこませて、二度と誰も近づかせないようにする。つまりそれが『天狗かくし』」

なるほど、と言っていいのかどうかわからない。何も証拠がないからだ。

「でも、それってただの仮説ですよね。自分の得意分野にこじつけようとするのは、専門家の悪いクセです」

布目が眼鏡の中に指をつっこんで両目を揉《も》む。これは悩んでいる時のしぐさ。

「そうなんだ。なにか証明するものがあるといいのだけれど」

「どんなものです?」

「うーん、まず、ここにたたら場があったことから証明しなければ……」

平地と言っても大きな木がいたるところに聳え立っていて、ここにかつて何かの施設があったとはとても思えない。

布目が川まで行き、それから戻ってきた。歩幅で距離を測っているような歩き方だ。

「神社がむこう。水車があのあたりだとしたら……このへんか?」

頭の中に地図を描いているらしい布目が、草むらにしゃがみこみ、穴掘り犬みたいに掻《か》き分けはじめた。何を手伝ったらいいのかわからないまま真矢も両足で周囲の草むらをつつきまわす。

どのくらいそうしていただろう。布目が「おっ」と声をあげる。

「なにかあったの」

「うん、見て」

真矢は布目の髪にからみついていた葉っぱを取ってやる。布目が指先でつまんでいたのは、トリュフチョコみたいな褐色の塊だ。

「鉄鉱石だと思う。やっぱりここにはたたら場があったんだ。でも、日本のたたら製鉄にはほぼ砂鉄が使われていたんだ。だから、ここのたたら場は、正確にはたたら製鉄じゃないかもしれない」

ややこしい説明だが、なんだか凄《すご》い発見らしい。でも、布目は満足していないようだった。

「ここが鉄鉱石の置き場だとすると……」また歩幅で距離を測り、川の近くまで歩く。草地の中に立ち、風力計があるのに指を舐《な》めて風向きを調べてから、大きくうなずいた。「このあたりか」

布目が祠の脇に置いていた横長バッグを取りに行き、ジッパーを開けた。中から出てきたのは、シャベルだ。

なんとなくわかっていたが、こんなに大きいとは思わなかった。土木作業用。布目もトイレの穴掘り用に持ってきているのかと思ってた。シャベルを土に突き立てると、いきなり突貫工事の勢いで土を掘りはじめた。

「もしもし」

真矢の声は耳に入っていないようだった。

「もしもし、先生」

「え」

頬に泥をつけた顔がようやく振り向く。

「いったいなにをされているんでしょうか」

布目がふにゃりと笑う。

「ここに溶鉱炉があったんじゃないかと思って。秘密裏につくられたものだとしたら、取り壊されて埋められたんじゃないかな、と。この土地の大名か豪族が、もっと大きな勢力に呑《の》み込まれた時、恭順を示すための邪魔になるから」

「溶鉱炉って製鉄の？」

「うん、つくられるとしたら位置的にここだ。しかもこの一帯だけ大きな木が生えていないだろ。地面のすぐ下に根の張りを邪魔するものがあるからだと思う」

周囲を見まわしてみると確かに、いま立っている場所には頭上を覆うほどの大木はなく、空の真上からの日射しが二人だけに降り注いでいる。

「私も手伝います」

真矢はカメラバッグからガーデンスコップを取り出した。布目の眼鏡の中のしじみがぱかりと蓋を開けた。

「なんでそんなものを」

「ふっふっふ。野外フィールドワークと聞いた時から、こうなるんじゃないかと思って。先生の考えてることはすべてお見通し。以心電信柱ですよ」

大きいほうのトイレの穴掘り用だなんて言えなかった。ほんとうは、前夜にカニを食べすぎてお腹をこわす↓翌日は終日野外フィールドワーク↓小のトイレの準備だけでは心配。という仮説に基づいての準備だ。

「昔の製鉄に関する知識は、この調査のためのにわか仕込みなんだ。確証はない。無駄骨になるかもしれないよ」

真矢はハンカチで布目の顔の泥をぬぐってやる。

「承知の上です。布目先生のアシスタントですから」

布目が草地に浅く広範囲に穴を掘り進める。真矢は掘った穴の底をさらにほじくり返して地中を探る。几帳面な布目がつくる穴はきっちりした四角形で、見る間に四畳半ぐらいの広さになった。

「なんだか死体遺棄の手伝いをしているみたい」

「死体が出てくるかもしれないな」

「え？」

「金屋子神は死体を不浄のものとは考えない。鉄も生命も土から生まれて土に還るから。鉄がうまくつくれない時には、死体や骨をたたら場の炉の柱にくくりつけたっていう話がある」

「そういう情報、いりませんから」

真矢は土を削りながら聞く。

「ところで、なぜ霧北だと思ったんですか」

布目がせっせと土を掘り続けながら答える。

「ひとつはもちろん、ここの天狗伝承と天狗まつり。そして、たたら場跡は、山陰のあちこちにあるけれど、条件がすっかり整っているのに、この霧北では発見されていないのはなぜかと思ったこと。あとは地名だ」

「地名？」

「ここの地名が手がかりだった。全国の山や川の名前は、いつからそう呼ばれているのか、なぜその名前なのかがわからないものが多い。小さな山や川ならなおさらだ。民間伝承からというパターンが多いのだけれど」

初めて布目が手を休め、シャベルを土に突き刺して体をもたれかけさせた。頰に汗が伝って細い顎に流れていく。

「ここの狸尾川《りおがわ》と龍足川《りゅうあしがわ》。リオはポルトガル語で「川」の意味だ。「小川」はリアシュ。宝嶺山の「ホウレイ」も、昨日聞いたかぎりでは、住職も謂《い》われを知らなかった。英語のフォレスト。スペイン語やポルトガル語のフォレスタからって、こじつけられなくもない」

掘って掘って掘り続けた。

一軒家が建つほどの草地だが、土は硬いし、周囲の木の根がこんがらがった配線コードみたいに入りこんでいるし、小さな木はあるから、それも避《よ》けなくちゃならない。ときどき交替して真矢がシャベルを握った。いまやっていることが全部ムダで、何の役にもたたないかもしれないけれど、何かがあると信じて。人にはムダに思えるものが、じつは自分の宝石かもしれないから。

近くの倒木に座って二人でおにぎりを食べた。５００ccのペットボトルが二本空になった。交替でおしっこに行った。

薄手のパーカーだけでは寒いほどの風も、動いていれば心地よい涼風だ。吹き上げてくる山風に頭上の梢が静かなメロディを奏でる。木漏れ日がほんのり温かい。受験勉強とバイトに追われて溜《た》まり続けていた心の泥が、汗と一緒に流れ出ていくようだ。

うん、私はいま生きている。


午後二時を過ぎた頃だった。

カン。

ガーデンスコップの先が何かに突き当たる。木の根より硬い何かだ。急いで、でも化石発掘みたいにていねいに土を取りのぞくと――

「出た！　先生。なんか出てきたよ」

地面の下から石が出てきた。ブロック状の四角い石。脇を掘るとまたひとつ。もうひとつ。花壇の縁石みたいに水平に並んでいる。

「煉瓦《れんが》？」

「いや、煉瓦のように加工した石だ。高炉の土台だと思う。この製鉄所は高炉法だったのかもしれない、そう思って川の近くを掘ったんだ。高炉法は水車の力でふいごを動かすから」

「甲羅法？」

「うん、高炉法はヨーロッパでは十二、三世紀から始まっていたけれど、日本では江戸の末期になってようやく取り入れられた製鉄技術だ。日本古来からのたたら場では炉体は粘土でつくっていたからね。日本のたたらは足踏みでふいごを動かす。ほら、よく『たたらを踏む』って言うだろ」

「もしかしてすごい発見なのでは？」天狗のことなんかよりよっぽど。

でも、布目にとくに興奮している様子はない。そうだった。この人の関心は、日本の製鉄の歴史ではなく、あくまで、もののけだ。

溶鉱炉の跡だという積み石を、いろんなアングルから写真に収めた。ムービーには作業中の布目を入れた。

「先生、ほら、笑って。もしこれが新発見だとしたら、映像がテレビに流れますよ」

発見者／布目准教授。撮影／高橋真矢氏。なんてね。

「こ、こう？」

「あ、やっぱり、いいや」

山奥でにたにた笑いながら穴を掘っている男なんて、犯罪者にしか見えない。

石は次々と出てきた。花壇の縁石は二メートルほどの二辺があらわになっている。その内側にも外側にも、四角く成形された石がごろごろしていた。高炉は初期のものでも四、五メートルの高さがあって、それを崩したのではないかと布目は言う。

「ここからはもう少し深く掘ってみる。ふいごや羽口《はぐち》の痕跡が見つかるかもしれない。休んでて」

園芸用シャベルでは無理、らしい。

「じゃあ、私、ほかの証拠を探してみます」

布目の話では、たたら場には、高殿《たかどの》と呼ばれる炉を据えた作業場の周囲に、働く人間たちの住居区があったそうだ。

よしっ、探そう。布目の説を裏付ける証拠を。

役に立ちたかった。布目は気にもとめていないようだが、戦国時代の西洋式の製鉄所跡を発見したとなれば、分野は違っても布目のなにがしかの功績になるだろう。世間や大学を見返すチャンスだ。

西洋人が住んでいた痕跡があれば、ベストだ。家族写真を入れた額とか。あ、五百年前だから写真はないか。なんだろう。とにかく、何かを見つけよう。

真矢はカメラバッグを担いで森の中へ入った。

七

早く帰らなくちゃ。

真矢は両手に抱えたものを固く握りしめた。

ついに見つけたのだ。布目の仮説を証明できるかもしれないこれを。

森を歩いているうちに、電話ボックスぐらいありそうな背の高い岩が地面から飛び出ているのを見つけた。真矢の顔の高さにぽっかりと穴が開いた岩だ。

自然にできた空洞にしては、やけに整った四角形の穴だったから、枯れ葉がたっぷり詰まったその中に手を突っこんでみた。湿って腐った葉はにゅるにゅるで、底のほうは佃煮《つくだに》みたいにぐずぐずで、ヘンな虫とかいそうで気味悪かったけれど、我慢して掻《か》き出していたら、ぼきっと何かが折れる音とともに落ちてきたのだ、これが。

金属製、だと思う。最初は置き忘れた工具か何かだと思った。

赤い錆《さび》が吹き出物みたいに全体を覆っているせいで、ふやけたように膨らんでいたけれど、十五、六センチぐらいの縦棒と十センチほどの横棒が垂直に交差しているそのかたちは、どう見ても十字架だった。

これの錆を落として、年代特定を――どうやってやるのかはわからないが――すれば、五世紀前のここに、外国人がいた証拠になるかもしれない。

布目の驚く顔が早く見たかった。

この十字架で頰をぺしぺししてやろうか。頭上高く差し上げて――背がそんなに変わらないから、体を密着させないかぎり届かないはずだ――「欲しかったら、シンヤじゃなくて、マヤさまとお呼び」とか言ってやろうか。ふふ。楽しみ。木々が立ち並ぶ斜面を真矢は野うさぎみたいに駆け登る。

たたら場跡のあった平地はすぐそこ。真上に見える大きな杉の木の下だ。木々の間をジグザグに抜けて斜面の上まで一気に登った。

あれ。

ここはどこだろう。

真下に平地はなく、隙間なく木々が並んだ下り斜面が広がっていた。

頭上の大木を見上げる。もっと小さな杉だっけか。この森には杉が少ないからいい目印になると思っていたのだけれど。

じゃあ、さっきの杉はどこだ。浮かれて通りすぎちゃったかな。

真矢は十字架と思われるものを抱きしめて、来た道を引き返す。


まずいな。

迷ったみたいだ。帰り道がわからない。もう一時間以上森の中を彷徨《さまよ》っている。とりあえず布目に連絡をしようと思ってスマホを手に取り、そして心の中で叫んだ。

嘘《うそ》っ。

『圏外』

スマホが通じないと知って、初めて自分が山の中でひとりぼっちであることを理解した。森を渡る風が急に冷たく思えてきた。歩きづめでうなじを伝っていた汗が、とたんに冷や汗になった。落ち着け。冷静になろう。えーと。さっきの場所の近くには川が流れていたはずだ。

耳を澄ましながら歩いているうちに、水音に気づいた。上から聞こえた。そうか、登っているつもりで、下ってきてしまったのか。何度も登り下りを繰り返していたから、どのへんの高さにいるのかもさっぱりわからなくなっていた。

木の幹につかまりながら、水音の聞こえる斜面の上まで登り切った真矢は、さっきと同じ言葉を繰り返す。今度は頭の中でなく、実際に唇から零《こぼ》れ出た。

「嘘」

そこにあったのは、川というより滝だった。しかも流れているのは、数十メートル下。

真矢はどことも知れない場所で、どこにいるのかわからない布目を呼ぶ。

「せんせーい」

返ってきたのは、谺《こだま》だけだった。

「ぬのめせんせーい」

真矢は叫んでいた。誰も聞いていなければ、無駄に叫びはしない。聞いて欲しかった。届いて欲しかった。いま目の前に布目が現われたら、泣いてしまうだろう。

果てなく続く木々の幹が黒い影になり、梢からは緑色が消え、暗いモノトーンになってきた。

もうすぐ日が暮れるのだ。なのに真矢はまだ森を彷徨い続けている。

夜になってしまったら——そう考えただけで体が震えてくる。恐ろしさのためだけでなく、実際に寒かった。平地の気温のことしか考えていなかった薄手のパーカーを冷たい森の風が嘲笑《あざわら》うように撫でまわしていく。

どこかで音が聞こえる。

みし、みし、みし。

木が軋《きし》む音。ときおり倒れるような音。木の鳴き声に聞こえた。

かっ、かっ、かっ。

鳥の声？　ほんとうに鳥だろうか。誰かの笑い声に聞こえた。

いまの真矢には天狗の秘密がわかった気がした。誰もいない山は恐ろしい。暗くなればなおのこと。そんな場所に分け入ってしまった恐怖が天狗をつくったんじゃないだろうか。烏天狗も鼻高天狗もぜんぶ後づけで、何がモデルだろうと誰が絵に描こうと、妖怪をつくるのは人間。もののけは人間の頭の中から生まれてくるのだ。ねえ、布目先生、そうなんじゃないですか。答えてください。

かっ、かっ、かっ。

答えてくれるのは、鳥だけだった。夜は鳥が啼《な》かないなんて、嘘っぱち。涙が出てきた。

「先生ー」

もう何度もそうしているように、布目に呼びかけた。

「布目先生〜」

そうしたって何も変わらないのだけれど、布目を下の名前で呼んでみた。

「悟《さとり》〜。さとりぃ〜」

返事はない。

「布目の馬鹿野郎〜」


目の前は真っ暗闇だ。

恐ろしく大きな檻《おり》の柵みたいな木々の幹や、うずくまる獣に見える低木の繁り葉の輪郭が、かろうじてわかるのは、頭上に月があるからだ。

空を覆いつくしている梢のすき間に、頼りない半月が、消えかけの間接照明みたいに浮かんでいる。木々のシルエットは空の色より暗い。

山で遭難したら、無理に動かないほうがいい、と聞いたことがある。だけど、真矢は歩き続けている。闇の森を歩くのは恐ろしいが、じっとしているほうがもっと怖かった。目の前にいまにも何かが現われそうで。背中に何かが張りついてくる気がして。

第一、体を動かしていないと寒くてたまらない。眠ったら凍死してしまうかもしれない。肩にはアルミシートを羽織っている。物撮《ブツど》りの時の簡易レフ板にするためにカメラバッグに突っこんでおいたものだ。

山を下ることはもう諦め、上をめざすことにした。

高いところへ登れば、町の灯が見えるかも知れない。だいぶ前——時刻を確かめるのが怖くてあれからどのくらい経っているのかわからないが——遠くから花火の音が聞こえた。自分は地の涯《はて》にいるわけじゃない。いまはまだ。

もう木の鳴き声も鳥の啼き声も聞こえない。夜の森は沈黙していた。さくさくと落ち葉を踏みしめる自分の足音だけが、音だ。どんどん太くなっている気がする森の木々を縫って真矢は道のない道を登っていく。寒さのためか、疲労のためか、恐怖のせいか、頭がぼんやりとしている。視界も霞《かす》んできた。

だから最初は、濃霧がかかってしまった頭が聞かせる空耳だと思った。

どこかで笑い声がした。

真っ暗な山の中で聞こえるはずのない声。心臓が肋骨《ろっこつ》の下でバウンドした。

でも、確かにそれは笑い声だった。複数の騒ぎ声に聞こえた。ふいに今日が祭りの最終日だったことを思い出した。そのとたん、恐怖が安堵《あんど》に変わった。

助かった。どこをどう歩いたのか自分でもわからないが、人里の近くに戻れたのだ。

たぶん法願寺の裏山あたり。真矢は声のする方向にふらふらと歩きだす。

木立の先がほのかに明るい。蛍の尻尾ぐらいのその明るさが、近づくにつれて誘蛾《ゆうが》灯《とう》みたいに煌々《こうこう》と輝いて見えた。ちらちらとまたたいている。焚《た》き火《び》の明かりかもしれない。真矢はよろけながら、ふらつきながら、光のある場所をめざす。

木立をそこだけくり抜いたような空き地だった。中央で火が焚かれ、人影が車座になっていた。木の幹にすがりついて倒れそうな体を支えて声をあげる。

「あのぉ、すみません」

寒さにかじかんだ掠《かす》れ声《ごえ》しか出なくて、誰も振り向いてくれなかった。集まっている人たちは六、七人。お酒を飲んでいるようだった。暗い森の中ではあんなに明るく見えたのに、辿り着いてみると焚き火は赤い残り火で、それを囲んでうずくまっている人々は黒い影になっていた。口々に何かを喋っているのだが、酔った騒ぎ声のせいか、まるで言葉が聞き取れない。

「森で迷ってしまったんです」

けんめいに声を張ると、いちばん手前の背中が振り返った。

思わず声をあげそうになった。

こちらを振り向いた人物は、異様な顔をしていた。

恐ろしく長い鼻。ガラス玉を嵌《は》め込んだような大きくて丸い目。

男——大型冷蔵庫みたいな肩幅だったからおそらく男——はなにか用か、というふうに首をかしげる。そこでようやくお面をかぶっていることに気づいた。肩下まで伸びた髪が焚き火に照らされて淡い色に輝いている。身につけているマントみたいな法衣も黄金色に見えた。真矢は天狗の面の男に訴える。

「道がわからなくなっちゃって、ずっと歩いてきて……」

頭がくらりと揺れて、その場にへたりこむ。安心したせいで意識が遠のきはじめた。

お面の男が真矢の背中からカメラバッグを下ろしてくれて、グラスを差し出してきた。金属製のグラスだった。お礼の言葉を口にすべきなのに、寒さに震える唇からは言葉が出てこない。頭だけ下げて受け取った。飲み物をもらって初めて、自分が酷く喉が渇いていることに気づいた。５００㏄ボトルがまだ半分残っていたが、口にする心の余裕すらなかったのだ。

甘い。グレープジュース？　ただし薄い。お酒か。超甘口のワインを水で薄めたような味だ。喉につかえてむせると、男が笑った。すっかり酔っぱらっていて真矢の窮状をちゃんと理解してくれていないようだった。

真矢のカメラバッグを物珍しそうに眺めて、サイドポケットから飲みかけのアクエリアスを抜き取っている。なにこのヒト？　匂いを嗅いでいたかと思うと、いきなり飲みはじめた。ちょっと、なにすんのっ。

お面の男がまた笑う。大きな泡《あぶく》が破裂するような笑い声だった。だめだ、このヒト。完全に酔っぱらい。馬鹿ちんだ。他の人々に助けを求めるために、真矢はおぼつかない足どりで焚き火に近づく。

男に腕をつかまれて引き戻された。何か差し出している。小銭に見えた。一枚だけ。

「金は払うよ姉ちゃん」ってこと？　呆れて顔を見返す。

むこうが焚き火を背にしていたさっきと違って、はっきり顔が見えた。また声を漏らしそうになった。

かぶっているのは、お面というより、マスクだ。パーティグッズコーナーで売っているような首まですっぽりかぶるやつ。

天狗にしては、長く大きな鼻が戦闘機の機首みたいに尖《とんが》っている。顔色はシャネルの革バッグみたいなつやつやしたピンクで、ピンポン玉みたいな目の中の瞳は緑色。やけに精巧なマスクだった。まるで特殊メイク。

半身を起こしただけでも、とんでもない大男だとわかった。それなのにやけに踵《かかと》の高いブーツを履いている。真矢が小銭を受け取らないとわかると、強引に手を握って、開かせた手のひらに落としてくる。真矢はセクハラ野郎を無視して、他の人たちに喉をふり絞って訴えた。

「森で迷ったんです。助けてくださいっ」

焚き火を囲んでいた顔がいっせいに振り向く。

今度こそ声をあげてしまった。

「ひっひひっ」

全員がマスクをかぶっていた。鼻が高かったり、大きかったり、へちまみたいに垂れ下がっていたり、嘴が生えていたり。スキンヘッド、もじゃもじゃの長髪に鬚、三角の帽子。仮装大会？

身につけているのは、鎧——それも西洋の甲冑風《かっちゅうふう》——や蝙蝠《こうもり》みたいなマント、この寒いのに上半身裸の男もいる。裸の男の肌は、夜目にも青色に見えた。

これは夢？　極限状態が見せる幻覚？　いや、焚き火の火は確かに明るく、頬に熱い。真矢はせいいっぱいの声を張りあげる。

「ここは、法願寺ですか？」

答えのかわりに、全員から笑い声が返ってきた。バリ島のケチャみたいなけたたましい笑いの合唱。なんなの、このヒトたち？

セクハラ男がカメラバッグの中に手を突っ込んでいた。ハンカチの包みを抜き出してしまう。ああ、それはダメ。やめて。大切なものだ。中には十字架が入っている。

「冗談じゃなくて、私、ほんとうに、森で……」

男が包みを開けてしまう。中身が十字架だとわかったとたん、うめき声をあげた。

「ぎゅうるるるっ」

ケチャの合唱も叫びに変わった。種類の違うたくさんの獣《けもの》がいっせいに咆哮《ほうこう》するような叫び。

男が十字架を放り捨てる。真矢は倒れ込むように十字架に覆いかぶさる。実際に倒れてしまった。目の前が急に暗くなったのは、真矢の意識が遠のいているせいだろうか、それとも焚き火が消されたのだろうか。

確かめるすべもなく、真矢は意識を失った。

八

誰かが私を呼ぶ声が聞こえる。

真矢〜、マ〜ヤ〜。

夢だとすぐにわかった。父親の声だったからだ。

すっかり眠りこんでしまった。起きなくちゃ。時刻を確かめるために片手を伸ばしてスマホを手さぐりしようとしたのは、ここを独り暮らしのワンルームだと勘違いしたからだ。

そうだった。私、布目先生と取材旅行に来ていたんだっけ。ここは旅館の部屋だ。浴衣に着替えたことは覚えている。

酷く寒い。ふとんをはね飛ばしてしまったのか。だとしたらすごい寝相を布目に見られてしまう。やばい。布目に恥ずかしい姿を見せたくない。嫌われちゃう。あわてて両手で浴衣の襟と裾をかきあわせる。指が探り当てたのは、浴衣の生地じゃなくて、ざわざわしたアルミシートの感触だった。

違う！

ようやく真矢の頭から睡魔が去り、現実がのしかかってきた。

大きなくしゃみをした拍子にまぶたが開いた。明るかった。ぼんやりと霞んだ視界の先に、覆いかぶさるような梢が見えた。そうだった。私は森の中で迷っているのだっけ。

首だけ左右に動かした。左手はあいかわらず気力のすべてを奪う鬱々とした森。右手は、ごつごつした岩が地面から顔を出して木や草を拒んだ、天然にできた空き地のような場所だった。

起きて歩かなくちゃ。体が動くうちに。もう残された体力はわずかだろう。もし歩けなくなったら——そこで——私は——

進むしかない。立つんだ、歩け、真矢。

真矢は地面に根を生やそうとする体を懸命に起こす。

また声が聞こえた。

高橋く〜ん、マヤく〜ん。

布目の声。まだ寝ぼけているみたいだ。布目が真矢のことを「マヤ」と呼ぶはずがなかった。自分で歩くしかない。ようやく四《よ》つん這《ば》いになった背中で、また声を聞いた。

「たかはしく〜ん、シンヤ……マヤく〜ん」

本物だ。確かに布目の声だった。あれほど重かった体を一秒で立ち上がらせた。

「ここでーす。ここにいまぁあすー」

と言うことは、やっぱりここは人里の近く？　幻覚に思えた昨夜の仮装大会の酔っぱらいたちが、真矢のことを通報してくれたのか。でも、あの馬鹿ちんどもはどこ？

左手の繋みを揺らして現われたのは、紺色の制服を着た男だった。真矢を見て目を見張り、背後に叫んだ。

「発見しました！」

助かったのか、私。

続いて現われたのは、案山子《かかし》が歩きだしたような細身の体。布目だ。ずっと堪《こら》えていた涙が両目からいっぺんに溢《あふ》れ出た。

「先生っ」

消防団と背中にかかれた制服の男を迂回して、布目に向かって駆けた。抱きつこうとして両手を広げてしまった自分に気づいて、あわてて胸の前で十字に組み直す。

「ああ、ああ、よかった」

驚いた。布目が真矢を抱きしめてきた。胸と息と、鼻も詰まってしまい、濁音つきの言葉しか出せなかった。

「……先生《ぜんぜい》……わだじ……発見じまじだ……証拠」

「いいよ、そんなこと」

布目が自分のジャケットを真矢の肩にかける。真矢とほとんどサイズが変わらないそれの襟を、ぶかぶかの服を着せられたように両手でかきいだいた。

「だいじょうぶかい」

「ええ……夜中に、ヘンな人たちが宴会してて……そこまでは辿りついて……」

布目が妙な顔をする。無線機でどこかと話をしていた消防団の男がぶるりと首を振った。

「こんなところで誰も酒盛りなんかしませんよ。寺から十キロも離れてる」

「え？　でも」

空き地を見まわした。焚き火の跡も宴会の名残もなかった。岩が腰かけみたいに飛び飛びに突き出ているだけだ。

十字架はどこだ？

どこにもない。

「先生、十字架を見つけたんです。錆《さ》びてたけど、確かに十字架。探してください」

かわりのようにコインが一枚落ちていた。できそこないの天狗マスクが渡してきたやつだ。十円玉ですらなかった。やけにぴかぴかした金色。ゲームセンターのコインだろう。

布目がコインを拾い上げた。

「これは？」

「それはいいんです。捨てちゃって」

遠くから、回る洗濯機に石を放りこんだような声が聞こえた。

「真矢っ〜　真矢が見つかったのかっ」

おかしいな、夢から覚めたのに、まだ父親の声がする。目をしばたたかせていた真矢に布目が言う。

「ご両親もここに来てるんだ」

「え。なぜ、オヤジ——父が」

「あのあと、ずっと森の中で君を探してたんだ。でも、どこにもいなくて。呆れて帰っちゃったのかもしれないと思って、旅館に電話したら、戻ってきていないって言うし、もしかして実家に——そう思って」

真矢の実家の連絡先を大学に問い合わせて、広島に電話をしたら、父親が出た。電話でさんざん罵倒され、父親と母親が車を飛ばして駆けつけてきた、そこでまた罵倒された——ということらしい。

布目の眼鏡の左のレンズには罅《ひび》が入っていた。よく見ると、左目の周囲がなんだか薄青い。

「罵倒って、もしや、うちの父が……」

「いや、僕が悪いんだから」

真矢ですら一度もない。父親が誰かを殴るなんて、姉ちゃんのダンナが挨拶に来た時以来だ。

体はなんともないと言ったのに、お決まりの予約コースみたいに、真矢は毛布に包まれて病院へ運ばれ、ベッドに寝かされている。左腕には点滴チューブ。母親に泣き笑いをされ、父親に怒鳴りまくられ続けていたが、寝たふりをしていたら、いつのまにか姿が消えていた。壁の時計は十二時半。ほんとうになんともないとわかって、昼ごはんを食べに行ったのかもしれない。カニはないぞ。

体がすっかり元気な証拠に、真矢はひどくお腹がすいていた。カニ味噌を点滴して欲しかった。

コンコン。

個室のドアを誰かがノックした。私しかいないんだから、さっさと入ってくればいいのに、面倒くさくて返事をしないでいると、また、モールス信号みたいに、

コンコン。　　コンコン。

誰が叩いているのかはもうわかっていた。

「どうぞ、布目先生」

布目は花束を抱えていた。花はいらんでしょうに。

「あと、これ。元気になったら、食べて」

駅弁。おお。かにめしだ。すぐにでも蓋を開けたかったが、布目が飛行機離陸前みたいな顔で頭を下げたから、我慢した。

「ごめん、ほんとうに、シン……高橋くん」

「連れていった学生が行方不明になっちゃったら、先生の責任になりますもんね」

「そういうことじゃないよ」ちょっと怒ったように言ってからまた頭を下げてくる。

「ほんとうに……心配したんだ……シ、いや――」

父親の前でも、真矢を「シンヤ」と言ってしまったのが、殴られた原因のひとつかもしれない。姉ちゃんのダンナが殴られたのも、実久《みく》という姉ちゃんの名前を、オヤジの前で「サネヒサ〜」とあだ名で呼んでしまったからだ。

「この機会に矯正してください。高橋じゃなくて、マヤでお願いします」

わざと咳《せ》きこんでみせたら、布目が口ごもりながら小さな声を出した。

「マ、ヤ、くん」

〝くん〟はなしでもいいですよ。

眼鏡の罅が増えていた。今度は右側のレンズ。

「こっちこそごめんなさい。もしかして、また？」オヤジが？

布目が右の頬をさすりながら言う。

「状況説明の時、旅館の同じ部屋に泊まってたって言ったら……ちょっとね……」

「ちょっと？　父親はなんと？」

「えーと……『責任をとれ』とか……あと………」

「あと？」

「……『嫁にする気があるのか』とか」

「なに考えてるんですかっ」

「僕に言われても」

昭和のオールウェイズな発想には困ったもんだ。困った、困った、と思いながら、へんちょこりんな研究ばかりしている大学の准教授の嫁というのはどんな感じだろう、とほんの一瞬だけ想像してしまった自分が恥ずかしくて、火照《ほて》ってしまった頬を見られたくなくて、真矢は目の下までブランケットを引き上げる。

「そういえば先生、十字架はありました？」

布目が首を横に振る。

「いいんだよそんなもの。そんなものより——」

「そんなものより？」真矢は布目に向けて必要以上に両目をしばたたかせてみせる。ブランケットの中で唇をVの字にして『君さえ無事なら』という言葉を待った。

「そんなものより、これはどうしたの？」

「あ？」

布目は、セクハラ天狗マスクが握らせてきたコインをつまんでいた。

「渡されたんです。ヘンなお面のヒトに」

「これ、フローリン金貨だよ」

「珍しいものなんですか」

「少なくとも山の中に落ちてるものじゃない。フローリン金貨は十三世紀から十六世紀までヨーロッパ各国で最も流通していた国際通貨だ。少し調べてみたんだけど、しかもこれは、フィレンツェ共和国が発行した元祖版だ。ほら、ラクダの衣を着たヨハネ像が刻印されている」

「私、怖くて寒くて疲れてて、幻覚を見たんだと思います。お面の人はほんとうはいなくて、拾っただけかも。コインの蒐集家《しゅうしゅうか》の人が山で落としたのかもしれない」

「いや、違うと思う。なぜならこの金貨は——」

「交番に届けなくちゃ」

「なぜか、新品だ。修復された痕跡すらない」

「え？」

布目が眼鏡のブリッジを押し上げる。

「もしかして、君が見たっていう人たちって——」

スマホを取り出す。ブログをやってるくせに機械音痴だからかなり手間取ってから、呼び出した画面を真矢に突き出してきた。

「こんな感じじゃなかった？」

ベッドから身を起こしてスマホを受け取る。検索したものじゃなくて、布目が個人的に保存している画像のようだ。

「これは？」

「もののけフォーラムの英語版に送られてきた画像だ。アイスランドの目撃者が描いたものだよ」

布目のブログに英語版があるとは知らなかった。目撃者ってどういうこと？　画面いっぱいに映し出されているのは、確かに容疑者の似顔絵みたいな、精密だけど素人が描いたとわかるイラスト。人の顔を描いているのだとしたら、デフォルメしすぎの下手な絵だ。でも、確かに、あの馬鹿ちん天狗に長くて大きな鼻は似ている。目もとも。言うたら、口もとも。

「そうそう。こんな感じ。なんの絵ですか」

「トロールだよ。北欧神話の精霊だ」

名前は聞いたことがある。ファンタジー映画によく出てくるモンスター——え？

布目が新しい画像を呼び出した。

「こっちは、ノルウェイの目撃証言を元に描かれたもの」

今度のものは全身像だ。見た目小柄で、尖った鼻が鳥の嘴に見える。

「ああ、こんな感じの人もいました」

「ゴブリンだ」

「どちらさま？」

「これもヨーロッパの精霊だ」

「え、えっ、ええーっ」わかりきっていることだが、布目が冗談を言うわけがない。

大きな勘違いはしばしばあっても。

「でもでもでも、私の夢ですよ。トロールだって映画で見たのとは全然違う。もっと天狗のできそこないっていうか、洋風天狗っていうか……」

「映画のほうが偽物で、たぶん君が見たのが現実なんだ」

「そんなこと……」あるのかもしれない。

昨日の夜のことは夢じゃなくて、現実。そう聞かされても驚かない自分に驚いていた。怖くはない。少ししか。いつのまにか妖怪への耐性が強くなってしまったのだろうか。布目のせいで。

布目と一緒にいままでにも垣間見《かいまみ》てきた。日常とは別の世界に存在する、もうひとつのリアル。

布目が眼鏡の中の目頭を揉んでから言葉を続けた。

「精霊たちは、製鉄の指導に来たヨーロッパ人と一緒に海を渡ってきたんじゃないかな。翼に取りつくグレムリンみたいに」

「そうか。昔々に、この地方で目撃された天狗は、ヨーロッパ人なんかじゃなくて、本当に妖怪だったのかもしれない。昔の人々が見たのは、西洋から渡ってきた妖怪。外来種か――」

布目は、もうひとつのリアルを見つめるまなざしになっている。こうなると、しばらくこっちの世界へは戻ってこない。かにめしを食べることにした。

「なるほど。あそこの神社の名前の由来がわかった。妙な名前だと思ったんだよ、氷《ひ》見屏風《みびようぶ》神社」

　布目が興奮した口調で何か言った。外国語に聞こえた。

「え、なんれふって？」

「ヒミンビョルグ。君のように彼らに出会った昔の人が教えられた言葉かもしれない。それを天狗様のお告げかなにかだと思って、神社の名前にしたんじゃないだろうか」

「どういう意味れふ？」

「ヒミンビョルグは、北欧神話の天山。神の住む場所だ。キリストとは違う神の」

かにめしを食べる手を止めた。布目が真矢の顔をじっと見つめていることに気づいたからだ。じいぃ――っと。かにめしをサイドテーブルに置いて、言われる前にきっぱりと言った。

「嫌です」

「いや、僕一人で行くつもりではいるんだけど……」

　私とまたあの場所へ行けば、出やすいと思っているんだろう。便秘薬か、私は。

「もう二度と嫌《ヤ》です」

「……だよね。じゃあ、僕はここに残って夜中に行ってみる。今夜にでも」

「やめたほうがいいですよ」人生観、若干変わるから。

布目が天井を見上げてため息をついた。約束を断られた小学生みたいにせつなげに。

「確かに僕じゃ無理かもしれない。長い間、目撃証言がないということは、むこうには人前に姿を現わす気がないんだろう。君みたいな特異体質でないかぎり」

「ないです、特異体質」

天井から病室の窓に視線を移した布目は、カーテンのむこうで揺れる木々のシルエットに、何かを見つけたみたいに目を細めてから、言った。

「現代の妖怪やもののけと呼ばれている存在は、みんなそうなのかもしれない。誰も信じなければ、出現する意味がないからね。君の言っていたとおりだ。『誰も聞いていなければ、無駄には叫ばない』」

しばらくここで粘ってみると言う。真矢は止めたが、布目が聞くわけがない。

「もしだめだったら、どうするんですか」

真矢の問いに、あらかじめ決めていたらしい答えが返ってきた。

「北欧へ行くよ。トロールやドワーフやゴブリンを見つけに。あっちも日本とたいして事情は変わらないかもしれないけれど、信じる人間がいれば、その数だけ、妖怪はきっとまだたくさん存在している」

「飛行機は？」

「……そうだ、どうしよう」

布目がいままでに飛行機に乗った最長時間は五時間半。ボルネオに、内臓をぶら下げて飛ぶ吸血生首〝ペナンガラン〟（どんなのだ？）を探しに行った時だそうだ。

北欧。アキ・カウリスマキ、イングマール・ベルイマン、ラッセ・ハルストレム。真矢がリスペクトする、いや、あえて言わせてもらえば、ライバルだと目する映画監督、映像作家が北欧にはたくさんいる。

行ってみたい。オーロラも見れるし。行けば、いままでにない映像が撮れるかもしれない。「驚きや不思議はいつもの毎日にいっぱい詰まっている」なぁんて殊勝な気持ちをあっさり吹き飛ばして真矢は思った。北欧のさりげない日常をカメラで捉えるのだ。「見る目を少し変え、感じる心をちょっと変えて」むこうのほうがちょっとおしゃれっぽいし。

「私も連れてって」

ついでに大学院のことも頭からすっ飛ばした。映研からはもう機材も人も借りられそうにない。親に頼らず、働いて働いて生活費を稼いで、切り詰めて切り詰めて映画の制作費を捻出して、そして何年かかっても自分の作品を撮るのだ。そう、自分の足で歩くんだ。

「お父さんに怒られちゃうよ」

「だいじょうぶ。父は布目先生を気に入ったんだと思います。殴るのは、あの人なりの時代錯誤のコミュニケーション方法というか、歪んだ親愛の情というか——」言えば言うほど、どうしようもないオヤジだ。

「正直言って助かるよ。君が行けば、彼らもきっと出てきてくれる」

布目が眼鏡の中のしじみ目を糸にした。笑った顔はエディ・レッドメインに似ていなくもない。左右非対称のホウレイ線とか。殴られた頬が腫れているだけかもしれないが。

「僕も君と一緒なら……」

「え、一緒だとなに？」なになに？　真矢はまたブランケットを引き上げる。今度は目の上まで。

「いや……飛行機も平気な気がする」

お守《まも》りか、私は。まあいいや、いまのところは。

真矢はベッドからはね起きて、ブランケットを布目の頭にすっぽりかぶせた。大切かどうかはまだわからない、でも宝物かもしれないものを包むように。

「行きましょ」

ブランケットの中で布目がもそもそと答える。

「うん、行こう。シンヤ君」

「あれ、マヤは?」

「やっぱり言いづらい。シンヤでいい?」

「もうだめ」

メーキング

ていました。

高橋シンヤ君――じゃないや、高橋真矢《まや》君と布目《ぬのめ》准教授のことは、ずっと気にかけていました。

この本に収めた『座敷わらしの右手』の初出は『小説すばる』の2000年3月号、『河童沼の水底から』は同じ年の9月号です。いまから十八年前、デビューして二、三年の頃。なんと、まだ二十世紀だ。

二人が登場する短篇はこの二作しかないもので、一冊の本にするには少なすぎ、たった二作とはいえ、いちおう連作なので、他の作品と合わせて短編集をつくるというのも違うんじゃないか――そんなこんなの事情で、本というかたちでは、真矢と布目は一度も世に出ていませんでした。二人のことはけっこう気に入っていたはずなのに。

その後、内容はまったく違うのですが、「座敷わらし」をテーマに長編を書いてしまったから、なおさら世に出すタイミングを失ってしまいました。

数年前、あの二作を含めた短編集を出さないか、という話が来た時、「真矢と布目の続きの話を書き下ろしますから、彼らだけの本にしてください」と頼まれもしないのに、こちらから提案しました。そう言わないと、真矢に胴回し回転蹴りを食らわされ、布目に、いじけて毛布をかぶられそうな気がして。

というわけで、幾星霜を経て、世紀をまたぎ（んな大げさなものではないか）、真矢と布目の物語がようやく再開する運びとなったのでございます。

とはいえ『座敷わらし』と『河童』を書いたのは十数年前。あらためて読み返してみると、やっぱり設定が古い。布目は准教授じゃなくて助教授だったし、真矢が手にするカメラはデジタルではなくテープを回すやつ。まだぺえぺえの新人作家に与えられた少ない原稿枚数に、若い荻原君があれもこれもと気張って話を詰め込みすぎたためか、展開もどたばたと急ぎ足で——自分から言い出したのはいいけれど、正直、最初はどうしたもんかと考え込みました。

だから、手直しをするのではなく、一からもう一度書き直すことにしました。二人の人物像、基本的なストーリー、解明する妖怪の正体などは当時のまま残し、新作を書くつもりで小説をつくり直しました。

時代設定を現代に変え、一話ごとのスケールを、あの頃の自分が本当に書きたかったのだろう原稿枚数に増やし、古くてどん臭い言い回しは、新しくてどん臭い言い回しに書き直しました。だから、偉そうなことを言わせていただけば、この本の中の二篇は、作者本人による2000年版のリメイク作品です。

最終話の『天狗の来た道』は書き下ろしの新作です。この連作では、妖怪の正体について独自の解釈を盛り込むことを自らに課していたのですが、布目先生の研究がなかなか進まず、いくら待っても正体を解明したという知らせが届かず、これはこれでかなり時間を費やしてしまいました。「続編を書き下ろす」という何の根拠もない大口を信じて待ってくれた担当編集者さんには、大変ご迷惑をおかけしました。布目准教授に代わってお詫《わ》び申し上げます。

なんとか二人を一冊の本の主人公として世に送り出すことができて、作者としては胸をなでおろしています。あとは読者のみなさんにいくばくかでも「良かった」と思っていただけたら、嬉《うれ》しいかぎりです。

二〇一八年三月

荻原　浩

本書は、「小説すばる」に掲載された「座敷わらしの右手」（二〇〇〇年三月号）、「河童沼の水底から」（二〇〇〇年九月号）を加筆・修正したものに、書き下ろしの「天狗の来た道」を加えたオリジナル文庫です。

荻原浩の本

オロロ畑でつかまえて

超過疎化にあえぐ日本の秘境・牛穴村が、村おこしのため、倒産寸前の広告代理店と手を組んだ。彼らが計画した「作戦」とは!? 痛快ユーモア小説。第10回小説すばる新人賞受賞作。

なかよし小鳩組

倒産寸前の広告代理店に舞いこんだ大仕事は〝ヤクザ・小鳩組のイメージアップ戦略〟。離婚そして別居という家庭問題を抱えながら、コピーライター杉山の奮闘がはじまった！

集英社文庫

荻原浩の本

花のさくら通り

不況にあえぐ零細広告代理店の次なるクライアントは、閑古鳥が鳴く「さくら通り商店会」。がけっぷち同士がタッグを組んで、起死回生を目指す。ユニバーサル広告社シリーズ第３弾！

さよならバースディ

舞台は霊長類研究センター。研究者の恋をまじえ、実験対象のボノボをめぐってまき起こる人間ドラマ。優しい視点で、愛する人を失う哀しみと学会の不条理を描く上質のミステリー。

集英社文庫

逢魔《おうま》が時《とき》に会《あ》いましょう

2018年4月25日　第1刷　　定価はカバーに表示してあります。

著　者　荻原《おぎわら》　浩《ひろし》
発行者　村田登志江
発行所　株式会社　集英社
東京都千代田区一ツ橋2-5-10　〒101-8050
電話　【編集部】03-3230-6095
【読者係】03-3230-6080
【販売部】03-3230-6393（書店専用）

印　刷　凸版印刷株式会社
製　本　凸版印刷株式会社

フォーマットデザイン　アリヤマデザインストア　　マークデザイン　居山浩二

ISBN978-4-08-745722-3 C0193